图书在版编目（CIP）数据

剧苑奇葩：莎翁诗剧与诗歌 / 辜正坤，徐阳著. -- 北京：中国少年儿童出版社，2021.3
（读懂经典）
ISBN 978-7-5148-4481-8

Ⅰ.①剧… Ⅱ.①辜…②徐… Ⅲ.①莎士比亚(Shakespeare, William 1564-1616) – 诗剧 – 文学欣赏②莎士比亚(Shakespeare, William 1564-1616) – 诗歌欣赏 Ⅳ.①I561.07

中国版本图书馆 CIP 数据核字（2020）第 024615 号

JUYUAN QIPA SHAWENG SHIJU YU GEJU
（读懂经典）

出版发行：中国少年儿童新闻出版总社 中国少年儿童出版社

出 版 人：孙　柱
执行出版人：马兴民

丛书策划：李学谦	封面设计：缪　惟
责任编辑：唐威丽	责任校对：夏明媛
版式设计：瞿中华	责任印务：厉　静
社　　址：北京市朝阳区建国门外大街丙 12 号	邮政编码：100022
编 辑 部：010-57526267	总 编 室：010-57526070
发 行 部：010-57526568	官方网址：www.ccppg.cn
印　　刷：北京瑞禾彩色印刷有限公司	
开　本：720mm×1000mm　1/16	印张：14.25
版次：2021 年 3 月第 1 版	印次：2021 年 3 月北京第 1 次印刷
字数：120 千字	印数：5000 册
ISBN 978-7-5148-4481-8	定价：88.00 元

图书出版质量投诉电话 010-57526069，电子邮箱：cbzlts@ccppg.com.cn

目　录

001	第 一 章	英国小镇斯特拉福
009	第 二 章	文法学校与女王剧团
021	第 三 章	乡村教师
025	第 四 章	莎士比亚的婚姻
029	第 五 章	消失的七年
033	第 六 章	伟大的伊丽莎白时代
043	第 七 章	英国戏剧与大学才子派
053	第 八 章	来到伦敦
059	第 九 章	震撼舞台

065	第 十 章	莎士比亚在伦敦（一）： 早期的生活与创作（1590–1600）
101	第十一章	莎士比亚在伦敦（二）： 中期的生活与创作（1601–1608）
131	第十二章	莎士比亚在伦敦（三）： 后期的生活与创作（1609–1612）
137	第十三章	重回斯特拉福
143	第十四章	评说由人400年
173	第十五章	莎士比亚作品理解与欣赏举例
193	第十六章	莎士比亚作品精彩片段选录
223	作者后记	
224	附　　录	本书编写主要参考文献

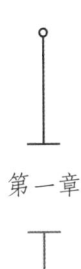

第一章

英国小镇斯特拉福

他生前默默无闻,去世之后妇孺皆知;他对英语国家文化的影响力极为深远,被马克思誉为西方文坛上"最伟大的戏剧天才"。有人说,如果你不喜欢莎士比亚,只不过是因为你不了解他。

然而,想要了解莎士比亚,可不是一件容易的事。首先,他出生在四百多年前的英国小镇,对于我们中国读者来说,不仅年代久远,而且地域陌生;其次,不知道什么原因,莎士比亚身为一代文豪,一生离不开纸与笔,却不肯写一篇日记、随笔、书信,或者对别人的文学作品发表点儿评论,让后人好好了解一下自己。要知道,这是英国那个时代的文人非常喜欢做的事。

也许正是因为他的身世扑朔迷离,反倒激起了历代学者们揭开这个谜底的好奇心。当然,更重要的原

↑ 莎士比亚的出生地是一座可爱的两层半木结构建筑。

因是,他对于英国人来说实在太重要了。关于莎士比亚,英国前首相丘吉尔说过一句很著名的话——"我宁愿失去一个印度,也不愿失去一个莎士比亚。"对英国而言,一个符号化了的文化伟人的贡献,远大于一个富饶的殖民地所带来的财富。莎士比亚已经成了英国民族和英国文化的象征,具有普通人用肉眼看不见的思想文化力量。对这样弥足珍贵的"文化基因"人物,英国人怎么能让他湮没在历史的长河里呢?于是,经过历代学者们呕心沥血的考证工作,当代人对莎士比亚的身世总算有了点儿模模糊糊的认识。

17世纪初的英格兰已经是一个有档案管理的社会。许许多多的文献档案,被后来的热心学者梳理出来。人们挖掘出大量与莎士比亚相关的档案文件,这其中有婚姻证明,有关于他的宗教受洗记载,有他的名字在内的几份演员表,交税单据,一些法律文书,付费账单以及一份有趣的遗嘱等。我们大概可以想象每当学者们埋头在浩瀚如烟的历史卷宗里找到类似"莎氏""比尔"的字样时,内心深处的激动澎湃,但有一点他们始终感到很纳闷:莎士比亚的私人信件哪儿去了?为什么学者们几个世纪来搜寻他的藏书,却一无所获?莎士比亚为什么不像琼生、邓恩等同辈作家那样在书籍上签名?为什么在他卷帙浩繁的作品

◆ "威廉·约翰·莎士比亚之子"的受洗记录,时间为1564年4月26日,记载于斯特拉福德镇圣三一教堂的记录簿,是记录莎士比亚受洗的唯一文献证据。

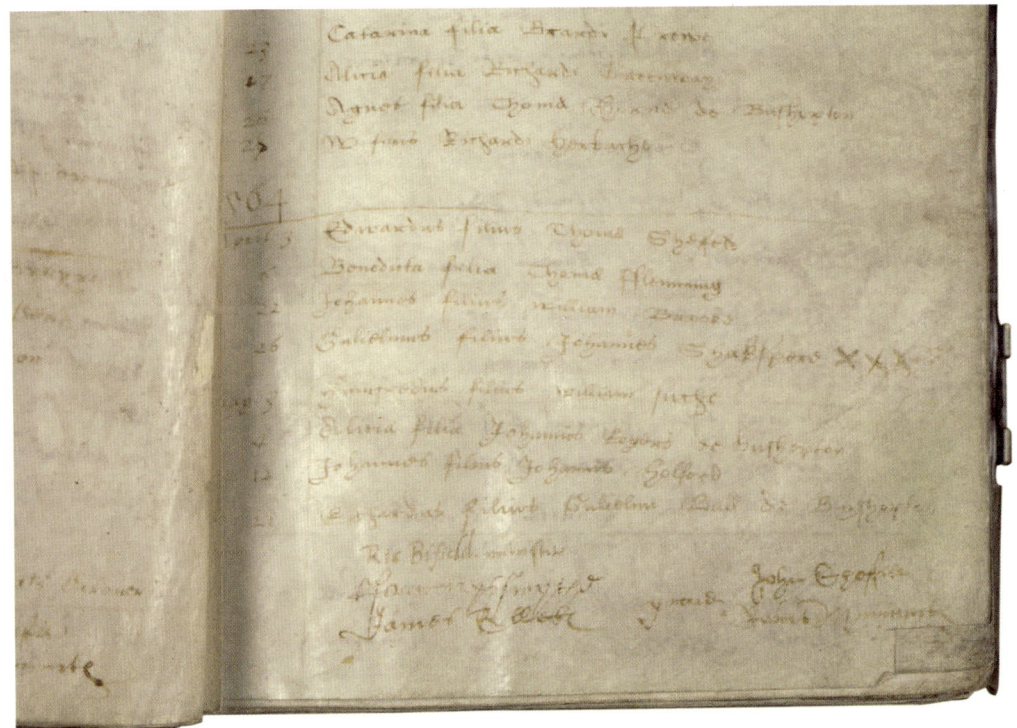

中找不出他对政治、宗教、艺术的直接看法？这一连串的"为什么"说明，对于莎士比亚的身世，我们其实并没有得到多少直接的证据；他依然像个谜，若隐若现于历史的迷雾中。

尽管所有的莎士比亚传记都把他的诞辰确定在1564年4月23日，但这个日子也是一种推论，并没有铁证。

值得注意的是，这一天也是英格兰国庆节——圣乔治日（St.George's Day）。圣乔治日是一个带有宗教色彩的纪念日，传说圣乔治是罗马帝国时代生活在近东地区的一位基督徒，在公元303年的这一天，因为试图阻止罗马皇帝对基督教的迫害而被杀。英格兰人民纪念圣乔治，更多的是因为他杀死了一条害人的毒龙。也许，英国人乐于让莎士比亚拥有这个具有双重含义的诞辰日：同为圣人，圣乔治屠龙，拯救了英格兰民众的生命；而莎士比亚呢，则使英国文学获得了巅峰状态的辉煌。

莎士比亚的故乡据说在英国埃文河畔的斯特拉福镇，位于英格兰中部，与伦敦相隔很近。

"斯特拉福"这个词的意思是"涉水过河的道路"。从地名可以看出这个小镇四通八达，地理位置十分优越。斯特拉福镇没有城墙，它的街道笔直宽阔。小镇的北面是古木参天的阿登森林，西面是连绵起伏、山花烂漫的丘陵，南面则是小块林地与农田交错，绿草茵茵，四季常青，风景如画。每年只要一

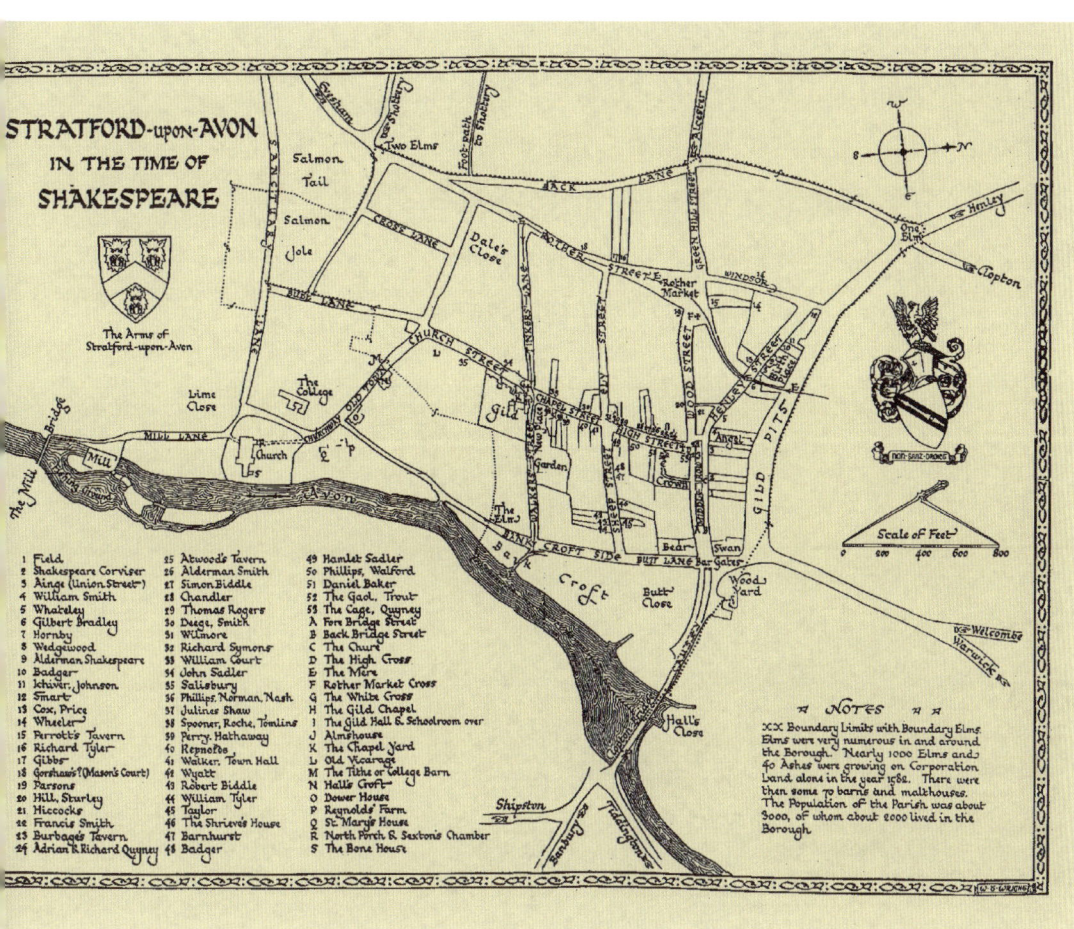

埃文河畔斯特拉福镇古镇地图。

过冬季，小镇便是一番百花争艳、远近飘香的景象。联想到莎士比亚作品中那些与大自然相关的形象的比喻，和森林有关的有趣的故事，可以看出，莎士比亚故乡斯特拉福镇的一切：周围的田野、树林、村庄、乡村传统节庆和各种各样的民间风俗，都为他成长为伟大的诗人提供了丰富的精神养料。

根据传说，莎士比亚的父亲约翰·莎士比亚本是自耕农。英国自耕农地位在绅士和农奴之间，是一种小土地所有者，属于比较富裕的农民阶层。莎士比亚的父亲早年生活在斯特拉福北偏东三英里半处的斯尼特菲尔，后来到斯特拉福学制软皮手套和其他皮饰物的手艺，成为生意兴隆的皮手套工匠和商人，兼营谷物、羊毛、麦芽（酿啤酒原料）以及羊鹿肉和皮革

埃文河畔斯特拉特福的鸟瞰图，1902年。图上有（如图左下角标注）：A莎士比亚的出生地；B圣三一教堂；C莎士比亚的坟墓；D莎翁新居；E哈佛之屋（哈佛大学创办人John Harvard 的祖屋）；F莎士比亚旅馆及五角楼酒店；G金蜜蜂酒店； H同业公会小教堂及学校；I莎士比亚纪念剧院。

圣三一教堂的尖顶在斯特拉福不远处的树林里若隐若现，莎士比亚在此受洗，长眠于此。

圣三一教堂内景

买卖。1557年，他大约27岁。这年，约翰与莎士比亚的母亲玛丽·阿登结婚。莎士比亚的母亲出身名门望族，其娘家在位于斯特拉福西北的威尔姆柯特小村，离斯尼特菲尔不远，继承了威尔姆科村的一座房屋和50英亩土地及其他产权。约翰和玛丽共生了8个子女，两个女儿死于瘟疫。莎士比亚出生前不久也暴发过一场瘟疫，可是襁褓中的他却经受住了人世间的磨难，坚强地活了下来。威廉·莎士比亚虽然排行老三，但实际上却是家中的长子。

莎士比亚4岁时，他的父亲被选为"市政厅首脑"，即这个拥有两千多居民、二十家旅馆和酒店的小镇镇长，成为斯特拉福的显要人物。约翰本人能阅读但不会写，至少他留下的签名都是一些符号；他的妻子更不识字。这样一个环境究竟是怎样影响莎士比亚，并使之成为未来的文化巨人的？这的确是难以准确描述的问题。

第二章

文法学校与女王剧团

一些莎士比亚传记说,童年的莎士比亚应该是一位"皮肤白皙、双颊红润、满头栗色头发、有一双棕色眼睛"的小男孩,但这是有的学者根据莎士比亚的某幅成年肖像想象出来的样子。这个"栗色头发"的小男孩7岁的时候,到了该上学的年纪,他应该是去了距离他家400米的一所文法学校接受教育。

这所文法学校是当时全国顶尖的学校之一,学校校长的年薪是40英镑,与当时的名校校长水平相当,教师年薪是20英镑,因此,学校能吸引到好教师,可能有两名牛津大学的毕业生本·亨利和托马斯·詹金斯曾在这所学校任职,并且教过莎士比亚。

文法学校只讲授拉丁文法,不教授英语语法。高年级学生之间连说话也只能说拉丁语,不可以说英语。当时的教育观念就是这样,接受教育就意味着学

← 文法学校和公会教堂

习拉丁语。即使想要读英语的书籍，大概也找不到多少东西可读。那时的英语拼写非常随意，几乎可以凭借印象怎么写都行。没有谁会由于写错了某个字而受到指责，因为根本不存在正确的写法。这时的英国人要寻求正宗的文化，就必须到古典书籍中去寻找，古典书籍大都是罗马时代的拉丁文著作，因此，学习拉丁文是通往罗马灿烂文明的必由之路。

在文法学校的学习，也许就是莎士比亚得到的全部教育。拉丁文法是学校唯一的课程，学校不讲授其他学科方面的知识，没有历史、地理、化学、物理。莎士比亚后来所积累的知识，都是在伦敦所学。无论春夏秋冬，除了星期天，童年的莎士比亚天天都得上学。学校的作息时间，春天夏天是早上6点开始上课，冬天是7点。首先是用拉丁文祈祷，祈祷上帝让自己成为品行端正、圣洁的孩子，然后正式开始上课。上午9点可以休息一会儿，吃点儿早餐。11点放学，回家吃午饭。下午1点上课，3点钟可以休息一会儿。最后一堂课，一直上到下午5点。每周有两个半天不用上课：星期四和星期六只有上午有课。全年放假3次：圣诞节、复活节和三一节，共40天。

据说文法学校的老师对学生的管教非常严格，这也是当时的风气，不好好学习就要受皮肉之苦。在莎士比亚生活的那个年代，由于瘟疫和饥荒，出生的三个小孩中，大约只有一个可以顺利活到成年。大人们对待孩子没有那么重视，把孩子视作珍宝是二百多年后浪漫主义诗人们推广开来的风气。文法学校的学习不仅内容单调枯燥，而且教学方式粗暴。可想而知，有这种经历的莎士比亚提及学校生活，脑子里想必多是负面的情绪，因为他在后来创作的戏剧《罗密欧与朱丽叶》中的罗密欧有过这样的剧文：

情人约会，如学童急于逃课不读诵文章；
情人分别，如学童扛着书包磨蹭上学堂。

这或者侧面表达了莎士比亚像那位学童一样极度厌恶文法学校,尤其是学校中的枯燥课文。

在他的另一部戏剧《皆大欢喜》中,莎士比亚通过人物杰奎斯的口吻描写了人生的几个阶段,最初是婴孩,在保姆的怀中啼哭呕吐;第二个阶段是学童,"背着书包,满面红光,像蜗牛一样慢腾腾地拖着脚步,不情愿地呜咽着上学堂"。

童年的莎士比亚在文法学校得到的教育为他日后成为大戏剧家奠定了扎实的写作基础。他在学校学习文法、逻辑、修辞,也需要读古典名著,如奥维德的

→ 《埃涅阿斯纪》取材于古罗马神话传说,它讲述了特洛伊英雄埃涅阿斯在特洛伊城被希腊联军攻破后,率众来到意大利拉丁姆地区,成为罗马开国之君的这段经历。这幅画描绘了维吉尔向罗马皇帝奥古斯都、他的妻子利维娅和他的妹妹奥克塔维亚读《埃涅阿斯纪》的故事。奥克塔维亚听到维吉尔读到她死去儿子的名字时晕倒了,因为她的儿子可能是利维娅谋杀的。

↑ 奥维德(公元前43—公元前17),奥古斯都时代的古罗马诗人,是古罗马文学的三位经典诗人之一,另两位是贺拉斯与维吉尔。

↑ 维吉尔(公元前70—公元前19),奥古斯都时代的古罗马诗人。其作品有《牧歌集》《农事诗》、史诗《埃涅阿斯纪》三部杰作。其《埃涅阿斯纪》影响了包括贺拉斯、但丁和莎士比亚等许多当代与后世的诗人与作家。

► 奥维德《变形记》一书的插图，讲的是日神之子法厄同驾太阳车，最终坠入埃利达努斯河中的故事。

► 《奥维德与斯基泰人在一起》（1859年，法国，德拉克洛瓦绘），奥维德人生的最后几年，被奥古斯都流放到黑海附近的地区，一直到他去世为止。斯基泰民族是一支公元前900年至前200年兴起的游牧民族，擅长骑马和战争。其疆土一度从西伯利亚一直延伸到黑海，甚至中国边境。

《变形记》、维吉尔的《伊尼亚德》、西塞罗、贺拉斯、戏剧家普劳图斯、泰伦斯和塞内加的作品，以及历史学家萨吕斯提乌斯等的著述。

在这中间莎士比亚最喜爱的是奥维德，他的戏剧作品中出现的许多场面都表明，他十分熟悉奥维德的诗体故事集《变形记》。

◀ 肯尼沃斯城堡是英国中西部地区最大的中世纪城堡之一，位于英国沃里克郡肯尼沃斯镇。据史料记载，城堡建立于诺曼时期至都铎王朝时期。这座城堡最辉煌的历史莫过于1575年7月伊丽莎白一世的驾临。如今，城堡的书店及餐厅等地都悬挂着印有这位女王画像的旗帜。

▶ 伊丽莎白一世（1533—1603），在她当政的45年期间，英国的经济繁荣昌盛，文学璀璨辉煌，军事上一跃成为世界首屈一指的海军强国。

文法学校也教授一点儿希腊文,用卢西安的作品当教材,有时还让学生翻译《圣经·新约》。

那么,莎士比亚是怎么对戏剧产生兴趣的呢?一种说法是,文法学校的毕业生在毕业之前,常规训练是阅读、背诵和演出普劳图斯和泰伦斯的剧本。因此,莎士比亚很有可能还在学生时代就有了戏剧演出的经验。另一种说法是,还在他幼年时期,伦敦城里最有名的女王剧团曾经到斯特拉福镇演出过,此后多年中,每年都有几个剧团来这里演出。因为剧团的演出必须得到市政当局的批准,所以斯特拉福镇政府的档案里留下了这些剧团来演出的记录。1575年7月,伊丽莎白女王到离斯特拉福镇不远的肯尼沃斯城堡做客。

女王本人驾临非同小可,城堡的主人莱斯特伯爵为此举行了盛大的欢迎仪式,并且敞开城堡的大门,让附近的居民都来参观,也为他们安排了露天的娱乐活动。豪华辉煌的庆典持续了三个星期,有戏剧演出,也有烟火表演等。许多人装扮成古希腊罗马神话中的牧神、海神、河神和其他各种神怪,走在游行的队伍里。这次盛大的活动给当地居民留下了深刻的印象。当时,莎士比亚已经11岁,可以推断,他也见到了这次欢迎仪式的盛况。这些演出在莎士比亚幼小的心灵上播下了爱好戏剧的种子。

1577年,莎士比亚13岁的时候,他的父亲陷入了债务危机。在斯特拉福镇市政委员会记录里,一向勤

→ 伊丽莎白一世的《无敌舰队肖像》大约创作于1590年。这幅真人大小的画作被认为是英国文艺复兴时期的杰作,纪念英国在1588年成功击败西班牙无敌舰队入侵。此画常出现在英国教科书里,建构学童对女王的最初印象。

勉的约翰·莎士比亚开始缺席，连每个参议员都要分担的济贫款、保安费都被减免，甚至他的名字还出现在"不能每月一次上教堂者"的名单里。翌年他开始变卖财产，法庭里留有他数次打官司的记载……莎士比亚的家庭经济状况一下子发生了逆转。当同窗共读的小伙伴被送去牛津大学深造的时候，莎士比亚不得不在14岁那年辍学了。然而，这个没落手套商的儿子是通过什么具体的途径走向剧坛的呢？

第三章

乡村教师

  莎士比亚辍学之后就开始谋生了。据说他得到了文法学校老师的推荐,到某个富有的天主教徒家中做家庭教师,以及家庭戏班演员。文法学校老师推荐莎士比亚的原因,大概与他父亲的宗教信仰有关。有种种证据显示,约翰·莎士比亚是个天主教徒。当时的英国正经历着传统的天主教与英国王室推行的新教之间的斗争,虽然伊丽莎白主张宗教宽容,但还是有许多天主教徒因为叛乱、谋反而被残忍地处死。

  莎士比亚需要一份工作分担养家的重任,他的老师将他推荐给某位天主教徒去做家庭教师。他得到推荐的原因,可能是他在校成绩不错,但更主要的是他同样来自天主教家庭,深知天主教徒的生存境况,不会将主人的宗教信仰吐露给危险的人士。家庭教师的经历对莎士比亚产生了深刻影响。这一经历使他遇到

← 圣埃德蒙·坎皮恩（1540—1581），文艺复兴时期欧洲神学家，英格兰耶稣会会士（the Jesuits），1578年在罗马担任圣职。

← 耶稣会反对英国宗教改革，愿为复兴天主教事业而献身。耶稣会士的敌人指控他们为达目的而使用暗杀手段。坎皮恩是耶稣会里最重要的人物之一。他在英格兰被新教所逮捕，遭受折磨后被处死。

→ 受刑中的坎皮恩。

了圣埃德蒙·坎皮恩这位当时最具超凡魅力的天主教徒。坎皮恩是文艺复兴时期欧洲神学家，英格兰耶稣会会士，1578年在罗马担任圣职。他后来被新教徒逮捕、绞死并被残忍地分尸。

　　这件事对莎士比亚应该是相当大的警示，他后来创作戏剧作品的时候就非常小心，他从不在自己创作的剧本中触及自己的人生。

第四章

莎士比亚的婚姻

1582年，莎士比亚18岁时，他与安妮·哈瑟维结了婚。他的妻子比他大8岁，是斯特拉福镇附近一个富裕农民的女儿。第二年，莎士比亚夫妇生下了第一个女儿，取名苏珊娜。不到两年，他们又生了一对双胞胎——儿子哈姆尼特和女儿朱迪斯。因此，莎士比亚在21岁时就必须为养活一家五口人操劳了。

莎士比亚的婚姻也是一个谜。在保存下来的关于莎士比亚的文卷上有这样的记录：斯特拉福镇的桑德尔斯和理查森向伍斯特主教区的宗教法庭呈交保证书，并各出40英镑作保金，请求批准威廉·莎士比亚和处女安妮·哈瑟维结婚。保证人是斯特拉福镇的两位农夫，他们是姑娘亡父生前的朋友。因为当时登记结婚之前是要先在教堂内预告一次，看看有无反对意见，如果有什么严重问题，那么这场婚姻便告作废，保证金没收。结婚预告通常要连续宣布3次,每次间隔一个星期。从12月2日起到次年1月2日不能结婚,因为要避开降临节,有特殊原因非结婚不可者,则须交纳一大笔钱来获得特别许可证。莎士比亚的年代,法定结婚年龄是:男14岁,女12岁。男子通常在20到30岁结婚,但女性倾向于在17到21岁之间结婚。莎士比亚当时只有18岁,为什么这么着急娶一个大自己8岁的女人呢?有趣的是,在这份结婚保证书登记的前一天,即1582年11月27日,还有一份文件——"准许威廉·莎士比亚和坦普尔科拉夫顿的安妮·沃特利结

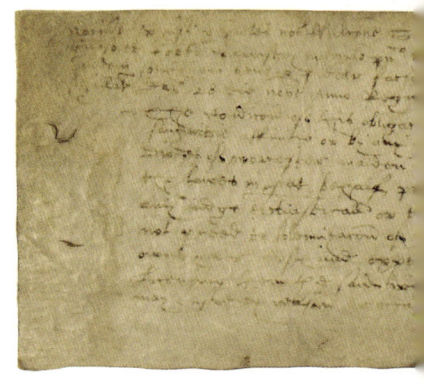

▼ 书记官记录威廉·莎士比亚和安妮·沃特利的婚姻许可。

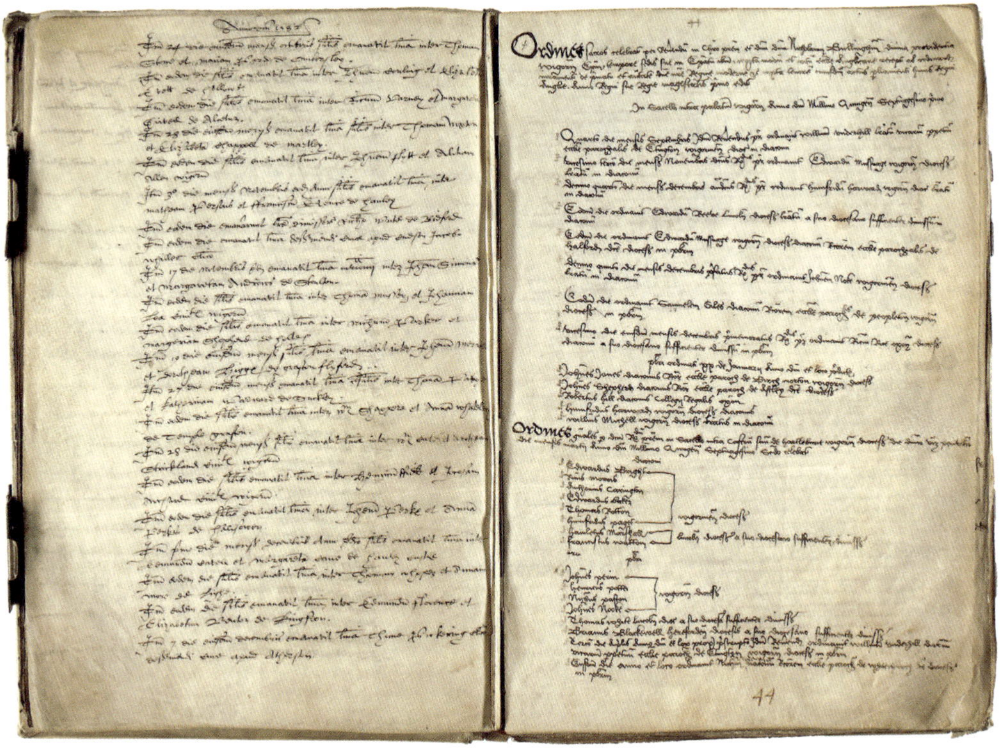

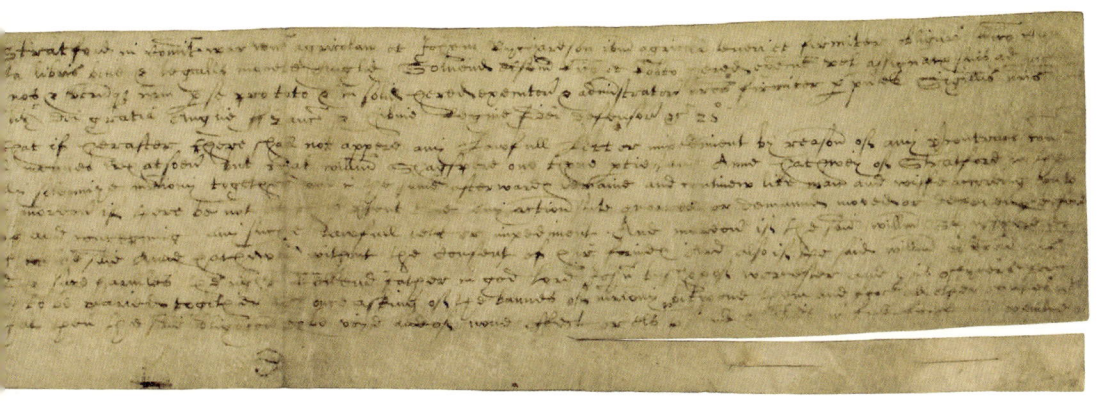

↑ 福克·森德尔斯和约翰·理查森担保"威廉·莎士比亚与安妮·哈瑟维"的婚姻具有实效。

婚"。坦普尔科拉夫顿离斯特拉福德镇有5英里,难道有两个威廉·莎士比亚?还是有两个安妮同时爱上了莎士比亚? 抑或是记录员笔误了?有人说这个莎士比亚与那个娶了安妮·哈瑟维的莎士比亚是同一个人,并进而认为,"沃特利"是"哈瑟维"的一种变动较大的拼法,因为当时的公证人有随心所欲拼写名字的习惯;也有人说,有两个安妮,莎士比亚迫于压力娶了安妮·哈瑟维,同时抛弃掉了安妮·沃特利……

6个月后的1583年5月26日,莎士比亚与安妮·哈瑟维抱着他们刚出生的女儿在教堂受洗。至此,这桩匆忙婚姻的内幕揭晓。在那个年代,姑娘未婚先孕将蒙受羞辱,堕胎也不被允许,结婚无疑是最佳的选择。至于莎士比亚本人,在安妮生下龙凤胎儿子哈姆尼特和女儿朱迪斯以后,便去了伦敦。伦敦路途遥远,即便快马加鞭去,也需要两天的时间。

莎士比亚到底爱不爱他的妻子?今天的许多学者

都认为在莎士比亚的婚姻中,安妮是主动的,也许她觉得自己年龄比莎士比亚大8岁,不得不使出浑身的解数把自己嫁出去。莎士比亚和妻子之间的关系似乎并不亲密。除了结婚证书和一份奇怪的遗嘱,再没有任何东西能证明他和妻子间的联系,这个后来的文坛缪斯没有给妻子写过一封情书——他十四行诗中的情诗并不是写给妻子的,日常往来的信件也没有。

结婚三年后,1585年,莎士比亚离开了斯特拉福镇。

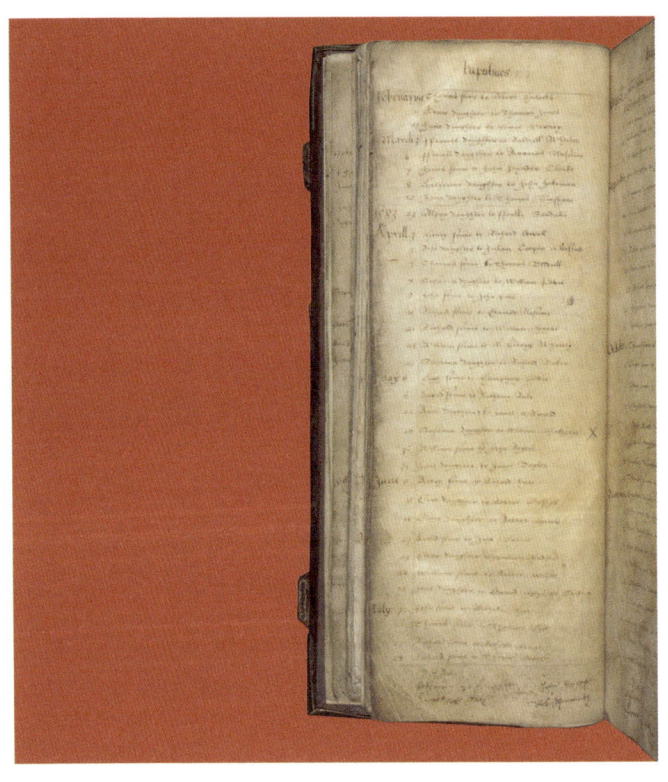

← 莎士比亚儿女的受洗记录:苏珊娜,1583年5月26日;龙凤胎儿子哈姆尼特和女儿朱迪斯,1585年2月2日。

第五章

消失的七年

在莎士比亚的生平记载中,有七年的断层。1585年到1592年间,离开故乡的莎士比亚成了一个"失踪的人",没有人知道莎士比亚去了哪里,做了什么,这段时间找不到关于莎士比亚的任何记录。直到1592年,有人写文章骂这个"小丑""乌鸦",我们才重新觅得莎士比亚的行踪。此时的莎士比亚显然已经小有名气。一些学者把1585年到1592年称为莎士比亚"失踪的岁月"。传记作者为了试图说明他这段时期的经历,描述了很多虚构的故事。"偷鹿"故事是其中之一。

"偷鹿"故事最早来源于传记作家兼编辑尼古拉斯·罗于1709年的记载。关于莎士比亚为什么不得不离开故乡,在尼古拉斯·罗的记载中是这样的:莎士比亚二十出头,结交了一些损友。距离斯特拉福镇不远处的查尔科特有一所贵族宅邸,主人是托马斯·卢西爵士。莎士比亚的这些坏朋友经常去托马斯·卢西爵士的庄园里偷鹿,莎士比亚也跟着去过几次。有一次他被当场抓住,为此挨了鞭子。为了出气,他写了打油诗讽刺爵士。爵士大为光火,扬言要严惩这位写歪诗的偷鹿贼。莎士比亚害怕了,被迫离开沃里克郡的工作和家人一段时间,到伦敦去避难。

当时的确有一位托马斯·卢西爵士,他和莎士比亚的父亲还有过公务往来,当过沃里克名誉郡长、治安法官等。"偷鹿"的故事也许并非捕风捉影,但也有学者质疑这故事的真实性。首先,经考据,托马斯·卢西爵士并没有位于查尔科特的园子;其次,传闻说莎士比亚被捉住后挨了鞭子,然而当时鞭刑并非是对盗猎行为的合法处罚。但不管怎样,关于莎士比亚为什么会离开故乡,"偷鹿"是一个流传最广的说法。也有人认为1585年英国与西班牙宣战后,莎士比

↑ 托马斯·卢西爵士

→ 卢西爵士及其家人的画像。

← 卢西爵士审问莎士比亚。据说莎士比亚举枪射杀了卢西爵士一只牝鹿,卢西爵士命人把莎士比亚带来审讯,侮辱了一番,第二天早上才将他释放。

亚跟随列斯特手下的远征军去了荷兰，或者意大利。这个说法可信度极低。最有可能的是，他实在忍受不了婚后庸庸碌碌的生活，为了摆脱家庭的束缚逃到了伦敦。

他到了伦敦后怎么会成为演员呢？根据17世纪剧作家戴夫南特的说法，莎士比亚先是在伦敦剧院里看守马匹，然后为演员当提词人，担当一些招呼演员上场的杂务。近年来学者们比较倾向的一种说法是莎士比亚是追随当时首屈一指的巡回剧团——女王供奉剧团到了伦敦。1587年6月13日，女王供奉剧团就在斯特拉福镇，并且需要人手。因为当年那天晚上9点或10点时，他们的主要演员威廉·奈尔酒后斗殴丧了命，剧团需要增加些人手帮忙。这对于因"偷鹿"一事急需逃离的莎士比亚来说是件好事，只要能逃离斯特拉福镇，无论薪水多低，他都会非常乐意。年轻的莎士比亚幸运地得到了这个机会。

第六章

伟大的伊丽莎白时代

莎士比亚的确是幸运的,因为他生活在一个伟大的时代——文艺复兴时代。文艺复兴是指发生在14世纪到16世纪的一场反映新兴资产阶级要求的欧洲思想文化运动。当时的人们认为,希腊、罗马古典时代的文艺曾高度繁荣,但是在西欧漫长的中世纪里却衰败湮没,直到14世纪后才获得"再生"与"复兴",因此称为"文艺复兴"。

西欧的中世纪,大致为5世纪至15世纪这1000年,被称为"黑暗时代",因为天主教教会几乎统治着整个欧洲,它不仅控制着西欧的政治、经济,而且还控制着人们的思想意识。人们生活中的一切事情几乎都要严格遵循教会的规定——《圣经》的教义,谁都不可违背,否则,宗教法庭就要制裁违背者,甚至对之处以死刑。大部分西欧人都没有受过教育,连皇帝或贵族也多半是文盲,无法阅读拉丁文《圣经》,只能听信圣职人员对《圣经》与教义的解释。在教会的管制下，中世纪的文学艺术死气沉沉，万马齐喑，科学技术也没有什么进展。11世纪后，随着欧洲经济的复苏与发展、城市的兴起与生活水平的提高，人们开始追求世俗人生的乐趣，而这些倾向是与天主教的主张相违背的。

14世纪欧洲大陆大规模暴发的黑死病加速了欧洲的文艺复兴进程。从1348年到1352年，大约有三分之一的欧洲人口因为黑死病而消失，死者总数达2500万人。一座座曾经繁华的商业城市，转瞬间变成了人间地狱。街道上，尸体堆积如山；海上，许多船只因为水手接二连三的死亡而成为无人驾驶的"鬼船"。这场灾难给人们带来了前所未有的心理恐慌。想象一下，当人们前一天晚上还如往常一样和亲人道晚安，第二天早上却发现他已离世，内心该是怎样的无助与震惊！对于染病的患者来说，令人绝望的不仅在于疾病无法治愈，死亡的过程也倍受折磨，极其痛苦。黑死病的蔓延导致宗教信仰的动摇，人们不禁要问：上帝不是全知全能的吗？为什么连神父和修女都不能幸免于难呢？与其苦苦等待来自彼岸世界的救赎，还是好好享受现世的生活吧，谁知道明天会发生什么呢？因此，黑死病导致社会体系瓦解，降低了宗教的权威，人们开始追求现实生活，对人生问题进行深入的思考，并推动他们冲破教会来世主义和禁欲主义思想的桎梏。

→《死亡的胜利》，老彼得·勃鲁盖尔创作于1562年，反映了黑死病之后社会的动荡与恐怖。

作品如同叙事诗一般展开了一幅死亡暴力入侵人类家园的恐怖画卷。田园与森林化为焦土，船只在燃烧，苍白的骸骨正残杀人类。画面左下方是已倒下去的皇帝及红衣主教，右下方画的是不知危险迫在眉睫、依然卿卿我我的恋人。

在14世纪城市经济繁荣的意大利，最先出现了对天主教文化的反抗。当时意大利的市民和世俗知识分子，一方面极度厌恶天主教的神权地位及其虚伪的禁欲主义，另一方面由于没有成熟的文化体系取代天主教文化，他们就借助复兴古代希腊、罗马文化的形式来表达自己的文化主张。文艺复兴时代最伟大的发现是对"人"的发现。这种观念与中世纪天主教"神权至上"的观念相对立：人文主义者充分肯定人的价值、尊严和力量；人文主义者否定"禁欲主义"，承认人有追求幸福和自由的权利；人文主义者还倡导理性，鼓励人们追求知识，追求真理，宣扬"平等、自由、博爱"的精神。一个充满理性、道德完美、自由发展的个性是人文主义者的最高理想。文艺复兴时期是英才辈出的时代。这些人物出身贵贱不同，社会地位有高有低，但他们都有"巨人"的性格：英勇无畏，敢于创造，有强烈的进取和战斗精神。这些人被称为"文艺复兴巨人"。莎士比亚就是在文艺复兴时代、在人文主义思想的熏陶之下成长起来的文化巨人。

莎士比亚40岁以前，英国正逢"伊丽莎白盛世"。而在伊丽莎白女王登基之前，英国历史上有一件非常重要的事，即发生在15世纪中期的玫瑰战争，又称蔷薇战争。在英法百年战争之后，封建贵族和王权之间的斗争、王室各派系之间争夺王位的斗争都十分尖锐。玫瑰战争发生在金雀花王朝后裔的两个王室

↑ 玫瑰战争是英王爱德华三世的两支后裔——兰开斯特家族和约克家族的支持者为了争夺英格兰王位而发生断续的内战。两大家族都是金雀花王朝王室的分支，约克家族是爱德华三世的次子及第四子的后裔，兰开斯特家族是爱德华三世的第三子的后裔。家族之间，其中兰开斯特家族一方以红玫瑰为标志，约克家族一方以白玫瑰为标志，所以也叫"红白玫瑰之战"。这两个封建集团之间为争夺王位继承权进行了长达30多年的自相残杀。战争最终以兰开斯特家族亨利七世与约克家族伊丽莎白的联姻，结束了这场给人们带来深重灾难的内讧，也结束了法国金雀花王朝在英格兰的统治。

↑ Henry VII纪念章正面。

1731年，琼·达西埃出版了《英格兰国王和王后纪念章》系列，并将其献给了乔治二世。Henry VII纪念章正面是亨利七世半身像，上面刻有：HENRICUS. VI. DG. ANG. FR. ET. HIB. REX. 意为"亨利七世，蒙上帝之恩，英格兰、法国和爱尔兰的国王"。

↑ Henry VII纪念章背面。

纪念章背面端坐一人为古希腊罗马神话中的大力神赫拉克勒斯，象征着亨利国王。赫拉克勒斯身旁站立着三个人，象征着国王由正义、审慎和财富所侍奉。纪念章最上方是合二为一的两朵玫瑰，暗喻约克和兰开斯特两家的联合。

↑ 玫瑰战争的名字来源于两个皇族所选的家徽，兰开斯特家族的红玫瑰和约克家族的白玫瑰。

亨利七世（1457—1509），即亨利·都铎，开创了都铎王朝，建立了统一的中央王权。他的儿子亨利八世采取了笼络富裕商人和手工业匠人的政策，因此逐渐造就了一个新的城市中产阶级。等到亨利八世之女伊丽莎白一世登基，英国的中央集权便达到鼎盛，

➡ 英格兰国王亨利七世，1485年8月22日到1509年4月21日在位。

→ 亨利八世：亨利七世次子，都铎王朝第二任国王，1509年4月22日继位。亨利八世在英国历史上以他的六段婚姻闻名于世，因为他的婚姻问题还引发了著名的英国宗教改革。

← 画家亨利·佩尼在1908年，根据莎士比亚的戏剧《亨利六世》中第2幕第4场，创作的《选择红玫瑰和白玫瑰》。

资本主义经济蓬勃发展而成为欧洲首富。英国的强大激发了国民空前的爱国激情，新生的多元经济造就了民众中的自由独立思想意识，再加上从资本主义发展比较早的意大利吹来了文艺复兴运动的春风，文艺复兴运动在英国也蓬勃发展起来。

英国文艺复兴文学的制高点是戏剧。这阶段戏剧创作之所以繁荣，一大原因是剧院和演艺业的昌盛。1576年第一所专业剧院在伦敦开业，当时的剧场都是圆形的木结构建筑，除舞台上面有遮挡，观众站立看戏的台前场地是露天的，有钱的观众一般坐在台上或两边的包厢里。演员全是男性，女角由男子装扮，而且不用复杂的布景道具。后来剧院迅速增多，不断上演新剧目，成为群众娱乐消遣的主要途径。剧作家们在中世纪的各种戏剧形式基础上，吸收古希腊罗马戏剧的优点推陈出新，写出了成熟的作品，通称伊丽莎白戏剧。

第七章

英国戏剧与大学才子派

恩格斯曾这样评价欧洲文艺复兴,这是"一个需要巨人而且产生了巨人的时代"。了解了英国文艺复兴之后,我们就能理解,在英国文艺复兴时期出现莎士比亚这样一位伟大的作家并非偶然。这样一位"戏剧巨人"的诞生,植根于文艺复兴时期相对宽容的宗教环境,人文主义思想的全新角度,更重要的是英国戏剧的繁荣以及前辈戏剧家"大学才子派"的影响。

英国戏剧在这一时期的成熟和繁荣应该归功于多方面的影响,其中包括英国本土的道德剧和穿插剧,以及古典拉丁戏剧的影响。

道德剧原本同时产生于中世纪的英国和欧洲大陆。虽然与搬演《圣经》故事、圣徒事迹的奇迹剧同样具有宗教色彩,但道德剧描述的却是普通人在日常生活中所遇到的道德问题和诸多诱惑。因此,道德剧虽然以抽象与象征为主要戏剧手法，却很快转化为充满喜剧色彩的土生土长的"现实主义"戏剧。道德剧的主人公往往是抽象的"人类"，面临的是一场"善"与"恶"之间的"灵魂斗争"。代表"善"与"恶"的是一些拟人化的抽象概念，如"虔诚""虚荣""仁慈""耻辱""坚韧不拔""寻欢作乐"等。在伊丽莎白时期，这种戏剧形式虽已衰落，但仍有剧作家创作出新的剧目以供上演。道德剧对伊丽莎白时期戏剧产生了巨大影响，马洛的剧作即为一例。在马洛的《浮士德博士的悲剧历史》中，主人公的"灵魂斗争"外化为"善良天使"和"邪恶天使"之间的斗争，而"七宗罪"的出场也是道德剧的惯用手法。在莎士比亚的剧作中，道德剧中的人物"恶行"也时常改头换面地出现：最早的是《泰特斯·安德洛尼克斯》中的雅伦，最著名的是《奥赛罗》中的伊阿古，而《亨利四世》中的福斯塔夫这个喜剧人物则将"恶行""虚荣""放荡"集于一身。

道德剧具有较浓厚的宗教色彩，所涉及的问题也比较严肃。与道德剧相比，穿插剧则更具世俗性、喜剧性、娱乐性，当时也更为流行。有人认为，穿插剧从道德剧演化而来，甚至很难与道德剧分开。其实，当时上演的大量世俗短剧都被笼统地称为穿插剧，例如约翰·海伍德（1497？—1580？）的《气候剧》（1533）描写天神的使者试图为人类找出一种最理想的气候，却发现人人都有不同的看法。穿插剧一

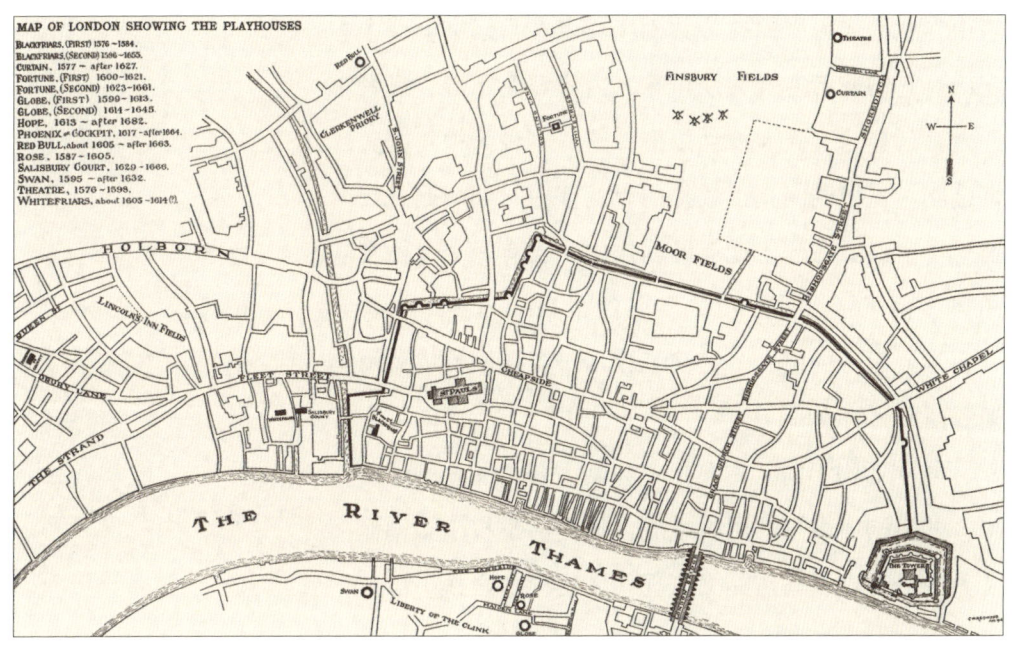

⬆ 显示剧院分布情况的伦敦地图。泰晤士河南岸，有玫瑰、天鹅、环球等剧场。

➡ 玫瑰剧场考古遗址。

般由专业的成人剧团在公共剧场或者在宫廷宴会厅中演出。它们或者迎合大众口味,内容淫荡下流,或者迎合宫廷趣味,搬演神话故事。这一剧种为神秘剧、奇迹剧、道德剧向真正成熟的伊丽莎白时期戏剧过渡铺平了道路。在莎士比亚的剧作中,也有一个穿插剧的典型例子:《仲夏夜之梦》的最后一幕中,一群"在雅典做工的粗人"上演了相当于穿插剧的皮拉姆斯和西斯贝的故事。

与穿插剧不同,古典拉丁戏剧主要由儿童剧团演出。儿童剧团由学校男生组成,他们演出拉丁文剧作(其中既有古罗马作品又有现代人的模仿之作)以及

约翰·海伍德(1497?—1580?)政治寓言剧《蜘蛛与苍蝇》的插画。

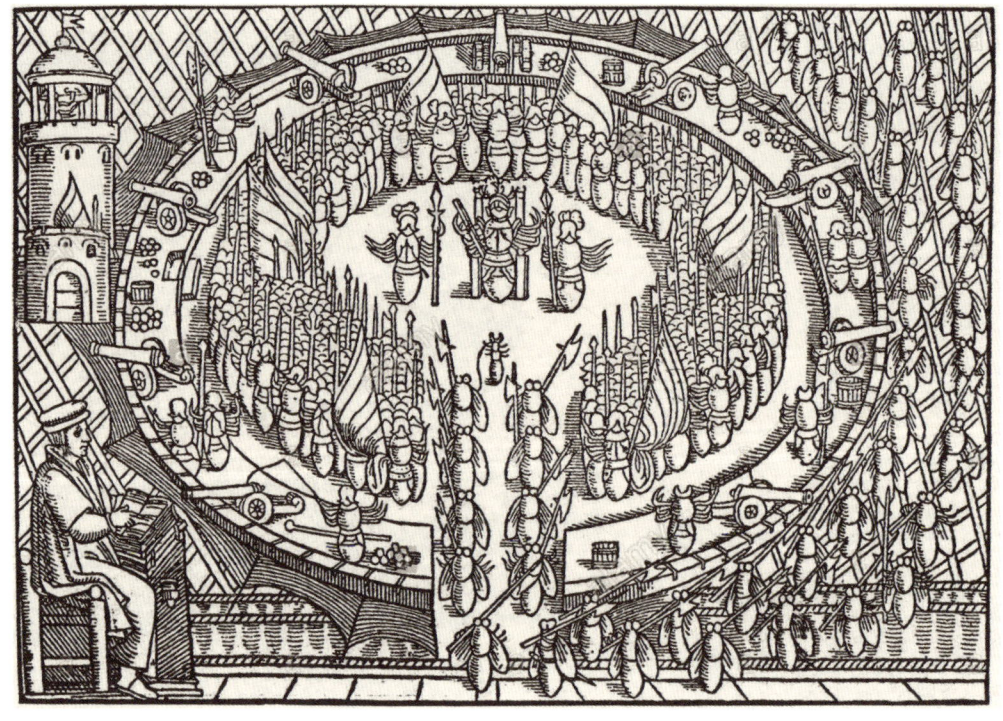

以这些拉丁文剧作为蓝本的英文剧作。起初，学校男生演出拉丁文剧作只是古典教育的一部分，只在校内演出；后来，随着演出声誉的不断提高，他们应邀为宫廷演出，专业的儿童剧团亦随之出现。这些拉丁文剧作由学校的教师进行选择、改编、翻译、创作，所以他们也是"学校剧"或者"学院剧"的一部分。作为学校教育的一部分，古典拉丁戏剧培育了整整一代剧作家和戏剧观众。

在伊丽莎白时期戏剧的发展过程中，一群以"大学才子"闻名于世的剧作家颇多建树。这些剧作家大都在牛津或者剑桥受过教育，然后从事在当时被视为并不十分光彩的戏剧行业。他们将各种影响融为一体，其中包括古罗马戏剧以及模仿古罗马戏剧的学院剧、中世纪的道德剧、当代的意大利与法国戏剧，从而创作出结构严谨、情节生动、诗意盎然的剧作。他们对戏剧形式的发展也做出了很大贡献，创造出复仇悲剧、浪漫喜剧、历史剧等诸多戏剧形式。这些剧作家中包括牛津大学学生托马斯·洛奇、约翰·黎里、乔治·皮尔，剑桥大学学生罗伯特·格林、托马斯·奈什、克里斯托弗·马洛。托马斯·基德虽然从未上过大学，但由于他和这个圈子有密切联系，具有同样举足轻重的作用，所以一般也被认为是"大学才子"之一。在当时的宫廷和贵族社会中，写作只是所谓"绅士"的诸多活动之一，而并非谋生的手段。"大学才子"们恰恰打破了这一传统，他们向读者和观众出卖自己的文学作品,成为现代意义上的专业作家。

在"大学才子"之中,托马斯·基德和克里斯托弗·马洛与悲剧的联系最为密切。

托马斯·基德(1558—1594)的声誉完全建立在《西班牙悲剧》这部作品上。《西班牙悲剧》开创

← 托马斯·基德(1558—1594),文艺复兴时期英国剧作家。他有许多剧作都是匿名发表的。其复仇剧《西班牙悲剧》是他非常著名的作品。

↑ 《西班牙悲剧》是伊丽莎白时代第一部反映凶杀和复仇的悲剧作品。这个剧本在1592年上演时获得巨大成功，剧中有凶杀、复仇、鬼魂、疯子，在复仇的过程中也有戏中戏，除了是父报子仇而不是子报父仇之外，同莎士比亚的《哈姆莱特》有许多相似之处。因此，英美学术界认为以复仇为主题的悲剧构成16、17世纪英国戏剧里一个独特的传统。

了英国复仇悲剧的传统，影响了整整一代剧作家。据传，基德还写过一部有关哈姆莱特的悲剧，莎士比亚的《哈姆莱特》即根据这部作品写成。

克里斯托弗·马洛（1564—1593）是鞋匠的儿子，在剑桥大学上学期间卷入政治活动。他被告密者指控有无神论言论，但在受审前即被人杀死，时年29岁。在他短暂而动荡的一生中，克里斯托弗·马洛创作了七部剧作，他同托马斯·基德一起创造了英国的悲剧形式，对伊丽莎白时期戏剧的发展做出了极大贡献。除戏剧创作外，他还翻译了奥维德的《爱情诗》和卢卡努斯的《法尔萨利亚》，创作了英国最出色的叙事诗之一《希罗和利安德》（未完成，由查普曼于1598年接着完成）以及抒情诗《激情牧人致情人颂》。

他的第一部剧作《迦太基女王狄多》很可能是与托马斯·奈什合作完成的，该剧是对维吉尔的史诗《埃涅阿斯纪》主要情节的改编。对受过古典教育的马洛来说，改编古典作品是再自然不过的事情；但马洛不是简单的模仿，而是运用戏剧媒介创作出一部独立、完整的作品。剧中怪诞的场面、冷静得近乎无情的台词都能在他以后的作品中见到。

在《帖木儿大帝》中，帖木儿从一位默默无闻的西徐亚牧羊人变成横扫土耳其和蒙古大军的征服者。他残忍、冷酷、野心勃勃、毫不妥协；他总是生活在众目睽睽之下，内心想法极少暴露。他没有独白，因为独白既会揭示出人性的复杂又会证明人类需要反省，而这两者对于"行动的人"来说是格格不入的。他的权力欲极大，认为自己是天下唯一一个有力量向所有人和神挑战的人，世上唯有死神可以将他打败。帖木儿最后的确为死神所击败，但这绝非道德剧中上帝意志终究取胜、虚荣傲慢之辈终受惩罚的那种结局。帖木儿这位打破了现行秩序、破坏了等级制度的"僭越者"不仅未受惩罚，而且还得到了世上最高的权力和荣耀；这种权力和荣耀所提供的快感本身就已经是对"僭越者"的最好奖赏。

在《浮士德博士的悲剧》中，浮士德亦出身低贱，他在维登堡大学获博士学位，成为出类拔萃的学者。但他不满足于现有的学问，试图通过魔法来满足他的求知欲，获取驾驭一切的力量。与《帖木儿大帝》一剧不同，浮士德对于物质力量的追求不断与基督教价值观发生冲突：他将灵魂出卖给魔鬼，却一直受到内心冲突的煎熬。这在剧中外化为"善良天使"与"邪恶天使"之间的斗争，以及一位虔诚老人对他的劝说。该剧继承了道德剧的传统，但同时又是一部地道的悲剧，两者之间既共存又有冲突。浮士德是一个所谓"文艺复兴时期的人"，一个不断追求知识的"僭越者"，但同时又是一位深受中世纪学术熏陶的学者，一位处于精神危机之中的人。该剧的喜剧性副线情节也充分体现出道德剧与悲剧之间的冲突，因为近似闹剧的戏拟衬托出浮士德浅薄的一面，也衬托出

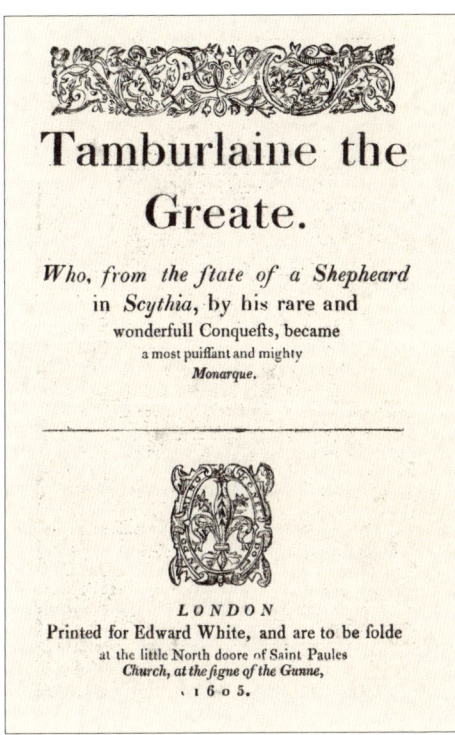

↑ 《帖木儿大帝》是马洛在剑桥读书时创作。这部以素体诗形式写成的戏剧也是一部"巨星陨落"式的悲剧，描述了14世纪中亚统治者帖木儿的一生，将其性格的残暴与悲剧性结局完美结合。

↗ 《浮士德博士的悲剧》取材于民间故事，宣扬了人文主义的思想。剧中浮士德不满足于既有的中世纪知识，为了求得魔法，把灵魂卖给魔鬼，供他驱使24年，到期之后他的灵魂被魔鬼劫往地狱。

知识的琐碎和无聊。

《马耳他岛的犹太人》由一个戏剧类型人物"马基雅维利"开场，剧中的主人公巴拉巴斯是一个诡计多端、贪婪无比的反派角色，他唯一的人生哲学就是要不择手段，获取最大的利益。但在基督教社会里，作为犹太人的巴拉巴斯时刻受到统治阶级的压迫，他喋喋不休地谈论"计谋"，但最后还是逃避不了伪善的基督教统治者的明枪与暗算。他虽然不是夏洛克式的人物，但并非完全不能引起人们的同情。该剧的风格接近于闹剧，剧中的犹太人与基督徒一样邪恶与堕

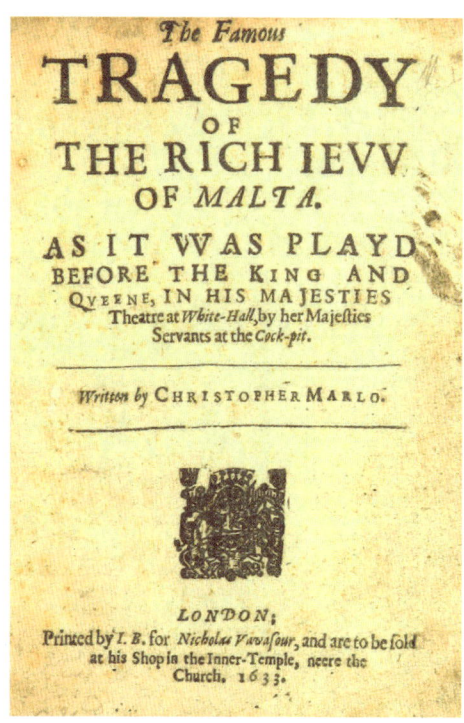

《马耳他岛的犹太人》表现了资产阶级追求财富的欲望。该剧主人公巴拉巴斯是一个极其凶残而贪婪的高利贷者。作者在剧中对资产阶级的本性作了深刻的揭露和批判。这一剧为莎士比亚的《威尼斯商人》提供了题材。

落。剧中对于宗教以及男女修道士的不敬态度反映了作者大逆不道的反传统观点。这在他的另外两部剧作《爱德华二世》和《巴黎大屠杀》中也有所反映。

克里斯托弗·马洛使素体诗发展成为一种灵活多变的戏剧媒介,适用于从庄严到悲哀的各种情况;他创造出追求权力、知识或者金钱的"僭越者"这一形象,展现出文艺复兴时期人的多彩多姿的风貌。马洛与莎士比亚等一大批剧作家一道,将伊丽莎白时期戏剧推向高潮。

第八章

来到伦敦

16世纪的伦敦相当于现在的西堤区,南以泰晤士河为界,从西面的舰队沟,到东面的伦敦塔,有一圈半圆形的城墙。城内有纵横两条主要的大街,一条由东至西,自新门至奥尔门;一条由北往南,从主教门到伦敦桥。伦敦桥是穿越泰晤士河的唯一途径,否则就只能搭乘渡船。16世纪泰晤士河的南岸尚未开发,河岸区治安不佳。

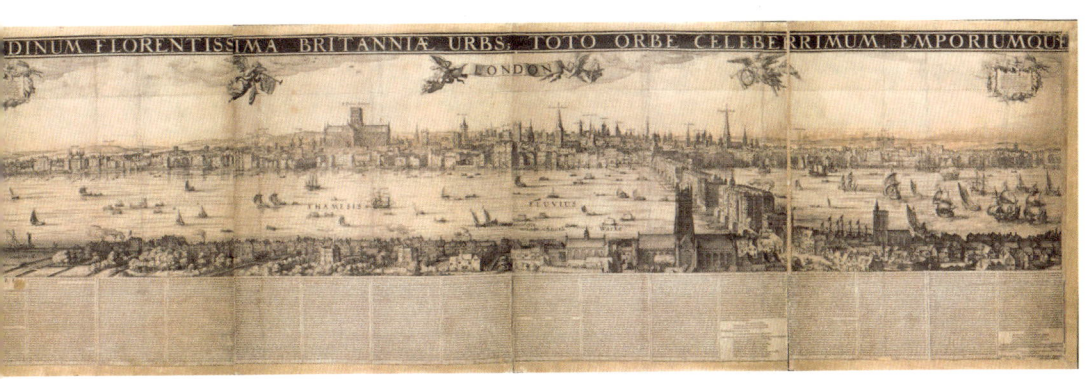

⬇ 从泰晤士河南岸观看到的伦敦全景图,由克拉斯·维瑟作于1616年。维瑟没有去过伦敦,他参考了别人的画作绘制。全景图包含了一些伦敦重要的建筑,如圣保罗大教堂、环球剧场等。除了宏伟的建筑物,图上还有2000多只船,在宽阔的泰晤士河上来回穿梭。

当时伦敦拥有的人口近20万，其数量几乎是英格兰、威尔士等其他人口较少的城市的15倍；在欧洲，只有那不勒斯和巴黎超过它的规模。伦敦的商业也十分兴旺：正如那个时代的人所说，伦敦是个"经年不散的集市"。每年都会有许多人从乡镇涌到伦敦，其中大多数是二十岁出头的男女，他们前来此地，是因为受工作机会的诱惑、对财富和权力的期冀，或是为非凡未来的梦想所吸引。然而等待他们的命运又将是什么呢？当时的伦敦充斥着瘟疫、污染、暴乱，是个肮脏又危险的地方。但城市还是不断发展，这对年轻人来说似乎是个无法抵挡的诱惑。对于想要避开妻子和三个孩子、避开与托马斯·卢西爵士冲突的莎士比亚来说，伦敦应当是非常理想的去处。

莎士比亚前往伦敦的路上，会穿过西敏区的旧王宫和西敏寺。西敏区气势恢宏，15万人口聚集于此。往北的郊区正急速扩张，它至少有一百个斯特拉福那么大，或至少人口有一百倍那么多。走上贯穿伦敦城南北的恩慈街，街上尽是响叮当的酒馆如"野猪头"等，这些酒馆的庭院还有戏剧演出。如果再往北走，很快会来到主教门，踏上通往郊区"帷幕"和"剧院"的路。如果往南走，则会来到河边，见识伦敦大桥，在南端，天主教密谋叛国者的首级都高高地插在杆子上，这些首级属于作为叛国者被处死的绅士和贵族。普通罪犯的绞架到处都是，遍布于城内的空地。有学者认为，莎士比亚之前当家庭教师的时候可能已经因宗教问题经历过危险，现在更是吸取教训，他做出的决定，就是不让别人轻易了解自己的身份。莎士比亚没留下多少可以说明身份的文件，也许他是有意为之的。

莎士比亚抵达伦敦时，正巧赶上历史上最刺激的一刻。西班牙国王勾结英格兰天主教势力，图谋暗杀伊丽莎白，扶持被软禁的苏格兰女王玛丽夺取英格兰王位。事情泄露之后，1587年2月8日，亲西班牙的苏格兰玛丽女王被伊丽莎白一世下令处死，1588年西班牙国王腓力二世决定派出"无敌舰队"讨伐英国，战争的危机迫在眉睫，伦敦上下正紧急准备抵挡这场入侵。

⬇ 西班牙舰队，又称无敌舰队，是16世纪后期著名的海上舰队，西班牙国王腓力二世在1588年派出，意图征服英格兰。

← 腓力二世（1527—1598）：西班牙国王，查理一世之子，从父处获西班牙、尼德兰、南意大利和西属美洲殖民地等领地。1588年派"无敌舰队"远征英国，大败而回，西班牙势力由盛转衰。

1587年也是戏剧史上颇为精彩的一年。有一栋即将完工的圆柱形建筑——"玫瑰剧院"，是泰晤士河畔的第一座剧场，更是莎士比亚走向世界的发轫之地。年轻的莎士比亚在这里初尝戏剧家的酸甜滋味。他曾在这里上演了他最糟糕的剧作《亨利六世》（第一部分），也是在这里，将他惊世骇俗的第一部悲剧《泰特斯·安德洛尼克斯》公之于世。

→ 图为1588年8月，西班牙无敌舰队和英国战舰。

无敌舰队约有150艘大战舰，被英军击败时本想南退，却因刮起强大的南风而不可行，只好随风北上，绕过大不列颠岛及爱尔兰岛西岸。回国时仅存43艘。从此国势鼎盛的西班牙停滞不前，英格兰则成为海上强国，开启了伊丽莎白一世的盛世。

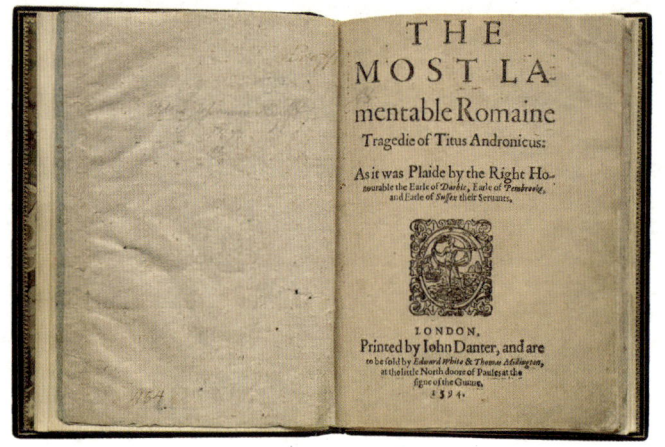

◆ 《泰特斯·安德洛尼克斯》为莎士比亚早期的作品,描述罗马将军安德洛尼克斯征战哥特,俘虏女王塔摩拉后,在两人及其子女间引发了一系列复仇事件,是一个充满暴力的悲剧,堪称莎士比亚最血腥的剧本。

"玫瑰剧院"是菲利普·亨斯洛的手笔。他是一位很有野心、精明的生意人,看准了剧场生意会有赚头。当时出现了几个声誉卓越的剧团,演出水准迅速提升,不久前女王还亲自当其庇护者。在英国文艺复兴时代,演员和剧作家的地位是很低的,常常被上流社会看成是"流民""乞丐",剧团不得不寻求王室、贵族的庇护。当时剧团的名称就是国王或某某贵族的"供奉"。"供奉"就是仆人的意思。更重要的是,这期间出现了一群年轻的大学生,写出了真正称得上戏剧的剧本。

第九章

震撼舞台

从莎士比亚的双胞胎子女出生后,我们就找不到关于他的行踪。但是到了1592年,莎士比亚突然露面了。这要感谢罗伯特·格林死后发表的那个小册子。这本书不仅是年轻的莎士比亚震撼舞台的唯一证词,也披露了当时剧场的习俗,演员与编剧之间的关系,以及各家剧团为了生存的需要如何竞争。这本小册子题为《万千悔恨换一智》,于作者死后三个月出版。格林攻击一个他称为"乌鸦","用我们的羽毛"美化自己的人。他借用莎士比亚戏剧《亨利六世》下篇中的一句台词,约克公爵对玛格丽特王后的指责:"外露女人相,内藏虎狼心。"暗示莎士比亚是"外露演员相,内藏虎狼心"。格林接着说,这位剧作家(指莎士比亚)"以为他也能像你们中的佼佼者一样来上一手无韵体,因为他是一位万事通,自度普天之下,唯他自己称得个

'擅场'人物"。震撼舞台一词很明显是格林玩弄的文字游戏,用来挖苦莎士比亚(Shakespeare)。莎士比亚名字的前面部分Shake有"摇撼"的意思。格林的挖苦说明,此时的莎士比亚在伦敦戏剧界已经小有名望了。

在伦敦,剧团想要生存,需要大量的剧本。虽然露天剧场很大——可以容纳2000多人,然而当时伦敦的城市人口最多也只有20万,剧团必须想办法吸引人们一再去看剧才能赚到足够的钱,获得生存需要的经济条件。这就意味着要时常更换剧目,每周要有5—6

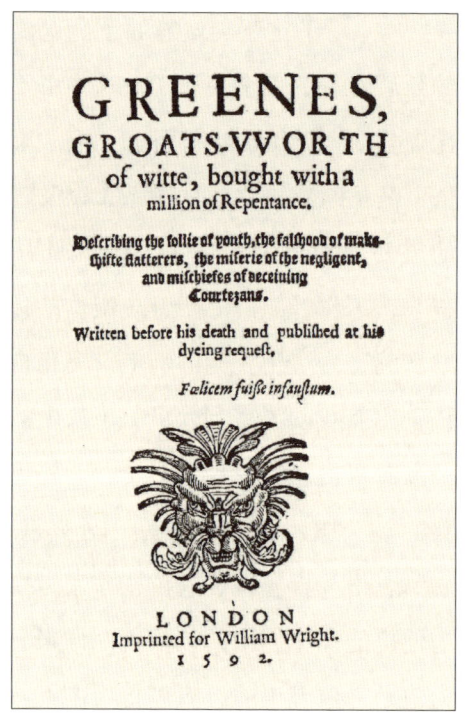

← 格林(1558—1592)在临死前出版的小册子《万千悔恨换一智》。

→ 莎士比亚笔下的奥赛罗是一位单纯而固执、坦荡无畏而又脆弱自卑的古典英雄,因听信谣言,而导致杀妻、自杀的悲剧。在杀死苔丝狄蒙娜之前,奥赛罗说:"祈祷吧,干脆点儿,我在一旁等着你。我不愿杀害你没有准备的灵魂"。(《奥赛罗》第5幕第2场)

个剧目。这样一来,剧本总数就大得惊人:每个剧团每年大约要上演20个新剧目,还有近20个前几季的保留剧目。

在剧场表演的剧团对新剧本的需求量巨大,这对莎士比亚来说再好不过了。他能满足这种需求,他可以自己编写剧本或是与别人合编剧本。据说他的创作极其轻松。"演员们常常提起一点,并把它当成莎士比亚的荣耀"。这就是他的朋友兼对手本·琼生曾说过的:"他无论写什么都一行也不删改。""我的回

➡ 本·琼生的手稿。

他受过古希腊、罗马文化的影响,倾心拉丁诗篇,诗作有收敛整饬的古典美。他评论莎士比亚"只懂得一点儿拉丁文,和更少的希腊文",引起了后世对莎士比亚古典学识问题的不断争论。

⬅ 本·琼生(1572—1637),莎士比亚之后最杰出的剧作家。在1616年莎士比亚逝世那年,他把自己的剧本结集出版。当时剧本都只作演出使用,本·琼生把它们作为独立的文学作品出版,在文学史上具有重大的意义。

Ben: Ionson

Ὁ Ζεὺς κατεῖδε χρόνιος εἰς τὰς διφθέρας·

'Tis a Record in heaven, you that were
Her Children, and Grand-children, read it heere:
Transmitt it to your Nephewes, friends, Allyes,
Tenants, and Servants, have they harts, and eyes
To pijrse the stones, and ope yt, lett yt light,
With cause beare it, make this page your buckler,
Stop pride, your pride, Waste, the State, and fitting
Late Digestes, Pandects of all female glory.

Dypsilon Iones.

Shee was the light (without reflexe
Vpon her selfe, to all her sexe!
The best of Weomen, her whole Life
Was the example of a Wife,
Or of a parent, or a friend!
All Circles had their spring and end
In her, and what could perfect bee,
Or, purest angles, was not shee!
All that was solid in the name
Of vertue, pretious in the frame:
Or, precious, in Perseus, in the sense;
Chast was prætiosa, or could bee
By uneright call'd right Symetry,
In number, measure, of space,
Of weight, or fashion, yt was shee.
Her soule possest her fleshes state
In faire freehold, not an Inmate:
And when the flesh, here, shut up day,
Fames lowdt trumpe the grave did say,
And humbly breeding noe the same,
Roote spring the space of her greatnam;
Till all the iust retriev'd bee
& soe a Phœnix, which was shee.

For this did Katherine, Ladie Ogle, die
To gaine the Crowne of Immortality,
Eternities great Charter, which becam
Her right, by guift, and purchase of the Lambe:
Seal'd, and deliver'd to her, in the sight
Of Angells, and all witnesses of light,
Both Sights, and Martyrs, now conioynd, Seed,
And this a copie is of the Record.

答是,"琼生刻薄地补充道,"如果他删掉一千行就好了"。

　　此外,需要说明的是,莎士比亚戏剧创作的时期,英国剧团剧院是不允许女性登台演出的。直到1660年以后,女演员才开始可以在英国表演。1660年12月8日,一位名叫安妮·马歇尔的女人登上了伦敦维尔街剧院的舞台,扮演莎翁戏剧《奥赛罗》中苔丝狄蒙娜一角——马歇尔是有史可考的第一位扮演莎士比亚戏剧的专业女演员。所以在莎士比亚创作的时期,戏剧中的女性角色均是由男演员异装扮演。一般来说,是由还没有完全发育变声的男孩来出演,年龄大的女性则可以由成年男子表演。比如《罗密欧与朱丽叶》中的朱丽叶这样的女性角色,就应该由一个十几岁的男孩来扮演。

第十章

莎士比亚在伦敦（一）：早期的生活与创作（1590—1600）

这一时期正值伊丽莎白女王统治的极盛时期，英国出现了经济繁荣、政治安定的局面。年轻的莎士比亚为时代精神所感染，幻想人文主义思想能在现实中实现，这使他早期的作品大都具有强烈的乐观色彩和愉快情绪。莎士比亚这一时期的作品以诗歌、历史剧和喜剧为主，因此被称为历史剧和喜剧时期。

在莎士比亚生活并创作的年代，英国戏剧界的头号敌人是清教徒和瘟疫。由清教徒掌权的伦敦市政当局以及甚嚣尘上的清教反剧院运动阻碍了英国戏剧的自由发展，他们巴不得看到剧场被连根铲除，但是碍于女王对戏剧的庇护，他们也不能采取过于极端的手段。然而如果有瘟疫发生，女王和她的枢密院就只好下令关闭剧院。伦敦已经有十几年没有暴发过疫情，但在1592年夏天，瘟疫再次暴发，一周之内一千多人丧生。剧院纷纷关闭,有些剧团得到了枢密院的许可证,到乡下巡回演出。直到1594年,剧院才再度开张。

在这段时间里莎士比亚没有参加任何剧团的巡演。他的父亲因为"没有参加每月的教堂聚会,据说是因为怕人讨债"而被列入不从国教者的黑名单。这是最后有关他父亲不幸消息的记录,可能这个时期

← 叙事诗《鲁克丽丝受辱记》。

的莎士比亚已经有能力帮助家人摆脱麻烦。他完成了部分历史剧与喜剧,早期的十四行诗与两首长诗《维纳斯与阿多尼斯》(1593)、《鲁克丽丝受辱记》(1594)。

《维纳斯与阿多尼斯》是莎士比亚的第一首长篇叙事诗,由朋友理查·菲尔德在1593年印行。长诗语言华丽,印刷精美,一时间风行英伦,九年内再版九次,为莎士比亚在文坛上赢得声名。据说这首诗写成以后在伦敦四法学院的年轻人中间广为传诵,还有人枕着诗歌睡觉。当时每位作家都要找寻庇护者,因此莎士比亚满怀希望地把作品献给了年轻贵族南安普顿伯爵亨利·莱奥提斯利,并向他承诺,如果这个缠绵悱恻的故事获得他的赞许,自己就会献给他一个"更慎重的苦心之作"。这个故事果然得到了赞许。南安普顿伯爵时年19岁,英俊貌美,孤芳自赏,尚无心思在风月场中纠缠,打动他的主要是诗歌的题材。隔年菲尔德印刷《鲁克丽丝受辱记》,莎士比亚再一次将此诗献给南安普顿伯爵,诗人据说获得了1000磅的酬劳,这在当时可是个大数目。1596年,莎士比亚得到了南安普顿伯爵的帮忙,为父亲申请到了象征乡绅社会地位的纹章。20年前,莎士比亚的父亲为了获得贵族头衔,曾向纹章局提出申请,但没有成功。莎士比亚家的纹章是一面盾,对角斜放着一支长枪,盾上方的花环上站着一只鹰,一只高举的鹰爪正握着枪。纹章的象征意义和莎士比亚名字的含义——"用枪震撼"正好相吻合。纹章上的箴言是"非无权势"。

《维纳斯与阿多尼斯》来源于古罗马诗人奥维德的《变形记》，写爱神维纳斯追求美少年阿多尼斯。阿多尼斯只醉心于狩猎，不解风情，拒绝维纳斯的爱情。之后，阿多尼斯在狩猎中为野猪所害，维纳斯痛不欲生。就在这时，阿多尼斯的尸体消失，血泊中诞生了一朵红白相间的花，维纳斯将花珍藏于胸，飞回仙岛。诗人笔下的爱神维纳斯是一个情感和欲望都异常强烈的放荡不羁的女性，和人间的痴男怨女有许多相通之处。诗歌还宣扬美必须与爱相融合，美只有通过爱才能得到永生的理念。长诗的语言华丽纤巧，铺陈浓艳，代表着莎士比亚早期的诗风。但在性爱的描写方面，渲染过浓。

《鲁克丽丝受辱记》取材于奥维德的《罗马岁时记》，也有可能借鉴过乔叟的《殉情女子传·鲁克丽丝记》。莎士比亚在《鲁克丽丝受辱记》的正文前用散文写有与全诗紧密相关的故事梗概。国王路歇斯·塔昆涅斯谋杀岳父攫取了王位。其外甥科拉廷的妻子鲁克丽丝被各路将领誉为最有美德的妻子。这激起了塔昆王子的情欲，他强奸了鲁克丽丝。受辱的鲁克丽丝修书通知父亲和夫君，嘱他们为自己复仇，然后自杀身亡。被此事激怒的罗马人出于同情和对国王暴政的不满，兴兵犯上，放逐了国王及其家族。此诗主要揭露和鞭挞封建王室统治者的专横无道，讴歌爱情的坚贞和友谊的宝贵。鲁克丽丝以生命捍卫了坚贞和尊严，虽毁灭了肉体，但最终获得了道义上的胜利。诗歌既反对禁欲也反对纵欲，既重视现实人生，又强调贞洁高于生命，在一定程度上显示了人文主义的价值观与人生观。

菲利普·锡德尼的十四行诗《爱星者与星》于1591年出版，使得十四行诗体风行一时。受这本书的启发，莎士比亚从1593年开始尝试这种新文体。从1593年至1600年，他共创作154首诗。这些诗出版于1609年。《十四行诗集》引起莎学界巨大的兴趣和争论，许多有关它的谜至今未曾解开。比较流行的看法是，从第1首到第126首，是诗人写给他的男友——一位美貌的贵族青年的；从第127首到第152首，是写给一位黑肤女郎的；最后两首及中间个别几首与上述人物无关。"朋友说"和"黑女郎说"是英国莎学家马隆和斯蒂文斯在1780年提出的。在此之前，人们相信这些诗的大部或全部是歌颂爱人（女性）的。后来"朋友说"虽流行极广，反对者也大有人在。如19世纪初的英国诗人兼莎评家柯尔律治就坚持认为莎氏十四行诗都是呈献给作者所爱的一个女人的。

综观莎翁十四行诗，其主题不外描写时间、友谊、爱情、艺术。往往若干首诗成一诗组，表现同一题材。因为这些诗本身的组织结构和语言技巧都很高，所以几乎每首诗都有独立存在的审美价值。从诗中的描写我们可以窥见诗人灵魂深处，感受到诗人的激情与苦恼。诗中有对爱的执着、对恶的鞭挞、对爱

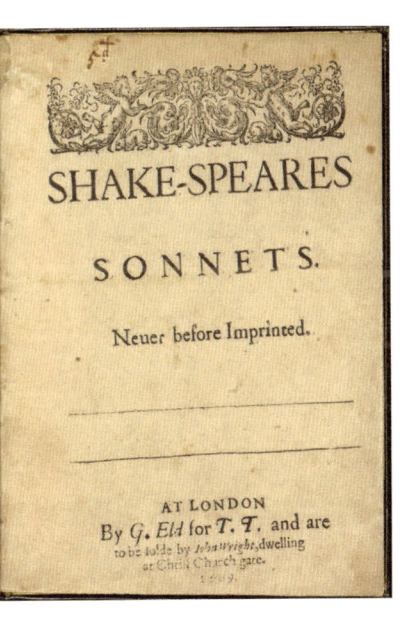

↑ 1609年出版的四开本莎士比亚《十四行诗集》。

菲利普·锡德尼（1554—1586），锡德尼是英国文学史上最早的诗人之一，只活了32岁。作品有浪漫传奇《阿卡迪亚》、牧歌短剧《五月女郎》、文学评论《诗辩》和十四行诗集《爱星者与星》等。

情和友谊的憧憬与追求，也有对现实的不满、对理想破灭的怨恨、对道德负罪感的反抗。透过那些闪闪烁烁，或真诚或虚饰的诗行，我们触摸到诗人人格的各个方面——崇高与卑劣、伟大与渺小、自矜与自卑。在第105首诗中，诗人宣称，他的诗将永远歌颂真、善、美，永远歌颂这三者合一的体现——他的爱友。

也就是说，他所歌颂的最高目标就是爱，真、善、美最终都统一在爱里。

十四行诗这种艺术形式在莎士比亚手中得到了新的发展。十四行诗体源于意大利。彼特拉克是最早的著名的十四行诗作者。他的十四行诗，由两个四行组和两个三行组构成，其韵式为abba abba cde cde或abba

➔ 塞缪尔·泰勒·柯尔律治（1772—1834），英国诗人和评论家，他一生是在贫病交困和鸦片成瘾的阴影下度过的，《忽必烈汗》《老水手谣》《克里斯特贝尔》是他最伟大的诗作。柯尔律治在《关于莎士比亚讲演集》里强调莎士比亚是剧作天才，并对他敬若神明。

🡠 弗兰齐斯科·彼特拉克（1304—1374），意大利学者、诗人，他被公认是西方人文主义之父、点燃意大利文艺复兴导火索的人物。彼特拉克最优秀的诗作是他用意大利语写成的抒情诗集《歌集》，共收集了366首诗歌，其中以十四行诗为主，间有六行诗和歌谣体。彼特拉克的十四行诗推动了整个欧洲文艺复兴时期抒情诗的繁荣。

abba cdc cdc。16世纪初叶，英国贵族萨瑞伯爵和托马斯·魏厄特爵士把这种诗体移植到了英国，其形式略有变化。莎氏十四行诗体的韵式与萨瑞伯爵的第一种韵式：abab cdcd efef gg相同。后来此式遂称为"莎士比亚式"或"英国式"。莎士比亚在运用这个诗体时，极为得心应手。这主要表现在语汇丰富、用词洗练、比喻新颖、结构巧妙、音调铿锵悦耳等方面。其最擅

长的最后两行诗,往往构思奇诡、语出惊人,既是全诗点睛之作,又自成一联警语格言。如第97首:

你是这飞逝年华中的快乐与期盼,
一旦离开了你,日子便宛若冬寒。

● 萨瑞伯爵,英国文学史上第一个创作无韵诗的诗人。他把维吉尔的作品《埃涅伊德》的第二卷和第四卷改编成抑扬格五步格诗。

瑟缩的冰冷攫住了我，天色多么阴暗！
四望一片萧疏，满目是岁末的凋残。
可是这离别的日子分明是在夏日
或孕育着富饶充实的秋天，
浪荡春情已经结下莹莹硕果，
好像良人的遗孀，胎动小腹圆。
然而这丰盈的果实在我眼中，
只是亡人的孤儿，无父的遗产。
夏天和夏天之乐都听你支配，
你一旦离去，连小鸟也缄口不言。
它们即便启开歌喉，只吐出声声哀怨，
使绿叶疑隆冬将至，愁色罩苍颜。

　　十四行诗在16世纪的英国曾盛极一时，名作名家辈出。除上述萨瑞、魏厄特之外，锡德尼、斯宾塞等人都获得了很高的成就。莎士比亚之后，弥尔顿、华兹华斯、雪莱、济慈、勃朗宁夫人、奥登等算得上后起之秀。但在英国十四行诗乃至世界十四行诗的创作史中，莎士比亚的十四行诗通常被视为一座高峰，堪与比肩者为数不多。

　　1594年，剧院重新开张后，由于瘟疫的蹂躏，莎士比亚可以选择的一流剧团只有两个：海军大臣供奉剧团和宫内大臣供奉剧团。莎士比亚选择后者，成了宫内大臣供奉剧团的剧作家、演员及股东。我们今天所熟知的莎士比亚环球剧场即由宫内大臣供奉剧团于

1599年建造完成。然而不幸的是，在1613年6月29日，环球剧场在表演《亨利八世》的时候，木质的屋顶被大炮点燃，剧场被焚毁。1614年环球剧场重建，却在1642年和伦敦的其他剧场一样，被清教徒关闭。

伊丽莎白在世期间，宫内大臣供奉剧团一共为女王演出了32次。伊丽莎白一世去世后，詹姆士一世登基，他比伊丽莎白女王更喜欢戏剧，因此登基后不久，就把宫内大臣供奉剧团改组为国王供奉剧团。

莎士比亚的戏剧创作是从历史剧开始的。促进莎士比亚历史剧产生和发展的客观因素若干，其中有两个因素特别值得一提。其一，莎士比亚时代的英国社会正处于伊丽莎白女王统治盛世之末。已取得统治的新兴资产阶级不愿意封建势力卷土重来，期望国家

↓ 环球剧场（Globe Theatre）位于英国伦敦。

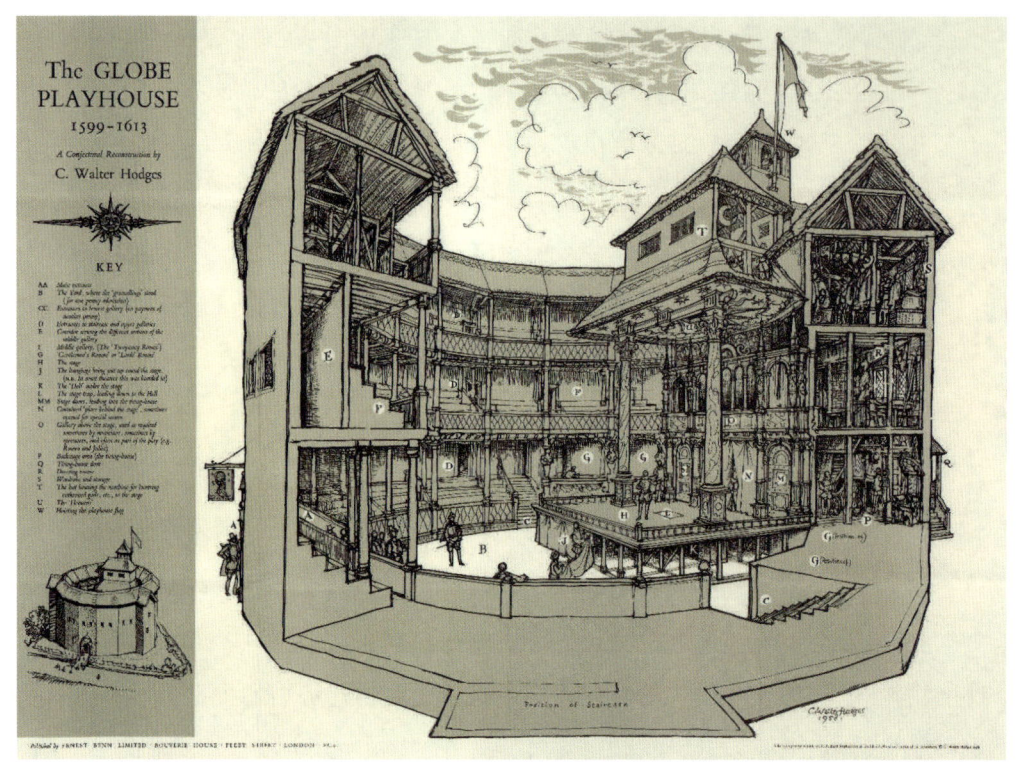

↑ 环球剧场于1599年首次对外开放，由于其呈环形，且中心场地没有顶棚，被称为"木圈圈"。

和平统一。同时，女王日益衰老，王位继承权问题已摆上议事日程。1588年，英国舰队击败西班牙"无敌舰队"后，英国人的民族自尊心大增，借鉴历史经验的需求，为历史剧的繁荣提供了重要契机；人民群众对历史剧的兴趣是历史剧产生的土壤。这些现实因素无疑激发了剧作家的创作热情，为具有人文主义思想的莎士比亚编写历史剧提供了导向性主题。其二，当时产生了大量的历史著作，尤其是16世纪80年代出现的霍林西德编年史。这些著作为莎士比亚的创作提供了取之不尽的历史素材。综观莎士比亚的历史剧，其

→ 1613年，剧场在一次演出中发生火灾，仅仅两个小时，整个剧场就被大火焚毁。后来很快被热爱戏剧的人们重建起来。1642年，重建的剧院受到清教徒抵制，在他们看来，剧场是恶魔之地。剧场被迫关闭。直到1987年，美国导演兼演员萨姆·沃纳梅克成立了莎士比亚环球信托基金会后，环球剧场才重现生机。

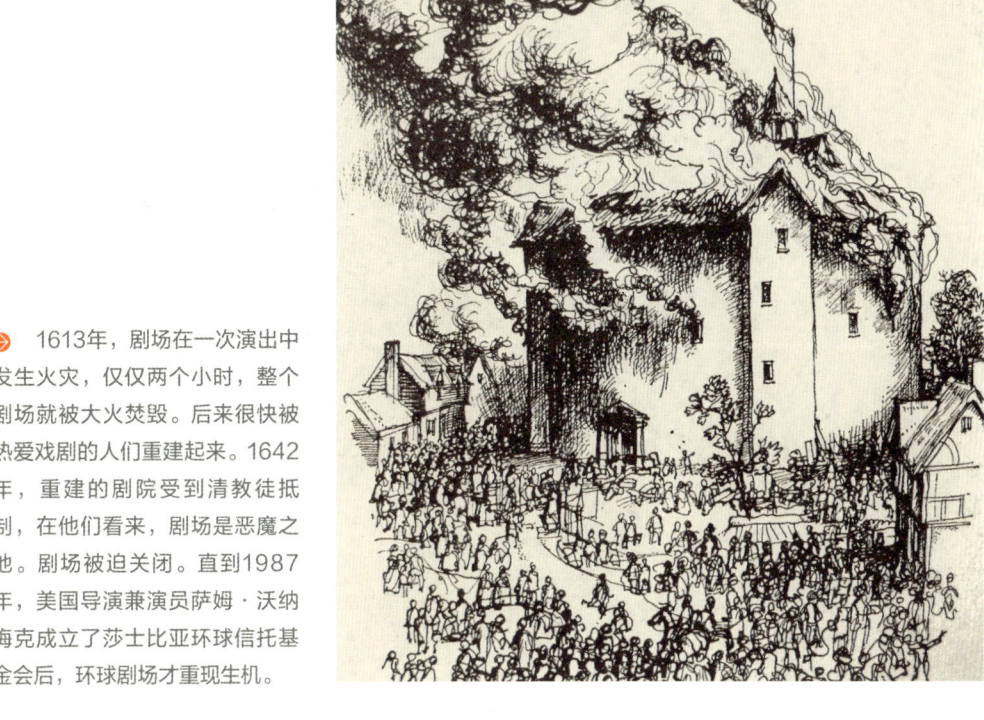

中涉及的历史时期，上限始于1199年，下限止于1547年，横跨英国近350年的历史，展现出英国气势恢宏、场面壮阔的历史画卷。

英国的历史剧在莎士比亚出现之后才发展到了顶峰。莎士比亚一生至少编写了十部历史剧，其中有九部诞生在这一时期。从现存资料来看，莎士比亚最早的戏剧编写活动始于1590年，其处女作是历史剧《亨利六世》上、中、下三部（1590—1591）。这部三部剧并不是按正常顺序写成的，莎士比亚先写了中、下部（约1590），然后才写成上部（约1591）。《亨利

六世》极为生动逼真地展示了红白玫瑰战争中两大帝王家族的内部大拼杀。剧中的主要人物亨利六世被描写成一个虽然懦弱无能，但宽厚仁义的君主。莎士比亚通过这一人物形象暗示，仁厚的君主若软弱无能，亦能令生灵涂炭、国家遭殃。刚柔相济、有勇有谋的贤明君主才是莎士比亚心中的理想君主，这成了他刻画亨利五世的思想基础。

莎士比亚第四部历史剧是《理查三世》（1592）。

← 没有子嗣的伊丽莎白女王成为都铎王朝的最后一任君主，此后，便由苏格兰信奉新教的詹姆士一世继承王位，詹姆士一世因此成为英格兰及苏格兰的国王，英国进入斯图亚特王朝统治时期。

→ 1577年霍林西德的史学集大成者《英格兰、苏格兰和爱尔兰编年史》出版，引发英国历史剧创作热潮。

《理查三世》与《亨利六世》一起构成描写玫瑰战争全过程的四部曲。如果说亨利六世是一个忠厚软弱、优柔寡断的君王,那么理查三世正好与之形成鲜明对照,他不仅面相丑陋,而且狡诈邪恶、嗜血成性。为了争夺王权,他处心积虑、挑拨离间、妖言惑众,算尽一切机关,终于夺得王位。理查并不是赤裸裸的暴

← 萨福克向玛格丽特求婚。(《亨利六世》上篇,第5幕第3场)

君，他的暴行总是披着仁爱宽厚的外衣。他是莎士比亚时代马基雅维利权术思想的典型化身。然而这个彻头彻尾的恶棍身上有一种"令人惊愕的力量"，这就是强悍坚毅的意志和不惧一切的勇气。残暴、坚毅及足智多谋赋予这个人物令人惊奇的复杂性和深刻性。这种立体塑造人物形象的艺术技巧，是莎士比亚最有力的创作手段。他后来还用它创造了许多类似的形象，这是值得特别注意的。

莎士比亚的另一部历史剧《理查二世》（约1595）有可能是在《理查三世》写成后的二三年内问世的。《理查二世》、《亨利四世》上、下部（1597—1598）和《亨利五世》（1599）构成莎士比亚历史剧的第二个四部曲。理查二世这一形象与理查三世又形成另一种对照。理查二世有魁伟的体格却缺乏坚毅的意志和充足的智慧。他偏听偏信，无端排斥曾经护卫和支持过他的三个长辈：刚特、约克及葛罗斯特，并使葛罗斯特不明不白地死于大牢。刚特的儿子波林勃洛克是一位深得民心的贵族，亦遭理查二世放逐。后乘理查外出平息叛乱之机，终于逼理查二世退位。值得一提的是，此剧后来被伊丽莎白女王的宠臣埃塞克斯伯爵的党人利用。他们在怂恿埃塞克斯伯爵推翻伊丽莎白女王的前夜，曾专门包场上演此戏，希图观戏者明白不理想的君王是可以被废黜的。因此，莎士比亚和当时上演此剧的演员均遭查询。《理查二世》在诗体的运用上多变化，既有无韵诗、双行

大卫·加里克（1717—1779），有史以来最著名的英国演员之一。1741年，他在莎士比亚的悲剧《理查三世》中首次饰演理查三世，之后，演艺事业大有进展。加里克在很大的程度上推动了英国人对莎士比亚的酷爱。

联韵体诗，也有四行体诗等。

约在1597年至1598年间莎士比亚编写成《亨利四世》上、下篇。一般认为，这是他的历史剧创作的顶峰。亨利四世虽是通过非法手段登上王位的，但同一般继位者不同，他精明老练，不滥杀无辜，能使国家在一段时间内苟安。然而，由于他的王位是在若干贵族的襄助和默许下取得的，因此，他无法遏制他们与他分享王室利益的野心，最终酿成叛乱性战争。战争的结果是亨利四世之子哈尔（即接下来的亨利五世）

率王军大获全胜。

与此同时，通过哈尔这个浪荡子与英国社会下层人的交往，莎士比亚用大量笔墨刻画了形形色色的平民社会生活。剧中的野猪头酒馆是社会下层的冒险家、雇佣兵、酒店老板、佣仆、妓女、农夫、商贩等

→ 1814年著名演员埃德蒙·金饰演理查三世。

出没的地方。在这个"福斯塔夫式背景"上，像在宫廷和战场一样，发生着另一种类型的巧取豪夺与悲欢离合。在风雨飘摇、困难在即的时刻，不少人仍忙于骗钱、抓丁、抢窃，当然同时也调笑、取乐、插科打诨、游戏人间。

《亨利四世》一反莎士比亚此前的历史剧手法，运用鲜明的对比性平行结构，把宫廷王室的权力争夺与小镇荒村中的日常生活交叠在一起，一面是紧张激烈，一面是粗俗轻松，一雅一俗，互相映衬。但从总体上讲，以福斯塔夫为主要角色的平民社会生活不知不觉地成了此剧的主要画面。所以从一定程度上讲，这部剧已和严肃的历史剧大大不同，其中容纳了相当突出的喜剧因素。这是崇尚典雅与幽默诙谐的有机统一，是贵族意识和平民意识的双向投射，是一种变调式历史合唱，既体现了莎士比亚极高的创造才能，也大大强化了历史剧给观众的艺术享受，尤其在塑造福斯塔夫这样的喜剧人物方面，此剧达到了整个莎剧创作的顶峰。

出身于骑士阶层的福斯塔夫是一个集多种性格特征于一身的人物。他厚颜无耻、乐观诙谐、吹牛说谎。他时常穷困潦倒，却常常讲究排场，好酒贪杯。他既诡诈机智，又胆怯多情。他头上已染苍苍白发，心中却烧着青春之火。他仗着自己和王子的亲密关系，招摇撞骗，甚至打家劫舍，趁征兵的机会，与地方官相互勾结、公开受贿。他在战场上装死逃生，假

← 克莱伦斯的梦（《理查三世》，第1幕第4场）。在这场剧中，理查命令两个杀手去杀死被关押在伦敦塔的哥哥克莱伦斯，克莱伦斯告诉他的看守他做了一个梦。

冒军功。他逗笑取乐，既被别人嘲笑，也嘲笑别人。他是16世纪莎士比亚与琼生的全部戏剧人物中最有名的一个。在17世纪的文献中他被提到131次，远远超过仅被提到55次的奥赛罗。18世纪的约翰逊博士曾赞叹他是"无人模仿、无法模仿的福斯塔夫"，是"情理和罪恶的混合物"。作为一个艺术形象，他并非十恶不赦的大坏蛋，从他的欺诈开始，人们看到的是开心而非厌恶。他那玩世不恭的人生哲学里未必没有令人沉思的深刻醒悟。他身为骑士，却把名誉弃如敝屣。

◐ 《亨利四世》上篇，第2幕第4场，福斯塔夫、哈尔王子和波因斯在野猪头酒馆。

➡ 《亨利四世》上篇,第5幕第4场,哈尔在战斗中表现十分英勇,不仅救了父亲亨利四世,还亲手处死了霍茨波,王军大获全胜。福斯塔夫倒在一旁装死。

他似乎从不把成败得失放在心上,也从不自怨自艾,摔倒了就爬起来。《亨利四世》之所以备受欢迎,最关键的一个因素就是福斯塔夫这个形象。据说伊丽莎白女王非常爱看有福斯塔夫的戏,曾传谕莎士比亚在14天内再写一部续集,让福斯塔夫谈情说爱,于是产生了那部现实意义极强的《温莎的风流娘儿们》

← 《亨利四世》上篇，第5幕第4场，福斯塔夫遇上叛将道格拉斯，吓得失魂落魄，刚一交手就倒地装死。当他爬起来，看见叛军首领霍茨波的尸体（是王子杀死他的）时又吓得浑身发抖，生怕霍茨波是假装死亡突然起身要他的命。

→ 《亨利四世》下篇，亨利四世已病入膏肓，但依然不能放心让哈尔继承王位。他忧心忡忡地入睡，哈尔误以为父亲去世，拿走了王冠。

（1600）。福斯塔夫是封建贵族解体时期无依无靠的雇佣兵和冒险家的典型形象。他失意之后在默默无闻中死去的情景让人不能不对他生出一丝同情。尽管他不是一个善良的人，但毕竟是在污浊的社会中能使人破涕一笑的人物。观众不会忘记他带来的快乐。

《亨利五世》（1599）刻画的是莎士比亚心目中

理想的君主。莎士比亚此前刻画过的君主，不是太邪恶，就是太稚嫩；不是刚愎自用，就是软弱无能。因此，刻画一个有理想的圣贤明君可能是莎士比亚蓄意已久的打算。剧中的主人公亨利五世虽然在做王子时是一位浪荡儿，但继位后一反常态，成为一个具有安邦治国大才的贤明君主。他敬奉上帝，宽厚仁慈，勇敢机智，甚至能以德报怨，在政治、军事、外交上都显示出超人的智慧。此剧全篇洋溢着爱国主义激情。莎士比亚仍把历史剧和喜剧风格糅合在一起，既写了上层政治军事界的风云变幻，也写了社会下层的地痞无赖之流，崇高悲壮与卑俗轻松双线交织、互映成趣。这是一部庄谐并举的英雄史诗。

莎士比亚的历史剧是中世纪戏剧自然发展的结果，具有强烈的现实主义精神。王权和王位继承权是剧本特别关心的问题，贯穿着人文主义思想，在一定程度上反映了新兴资产阶级的理想和要求。这些历史剧规模宏大，几乎囊括了英国社会政治、经济、文化、军事、法律、伦理及生活的方方面面，确实算得上是当时英国社会的百科全书。莎士比亚的历史剧鞭挞了英国统治阶级的种种罪恶和弊端，强调了君王个人的才德对整个社会的巨大影响。剧中塑造了一群鲜明生动的历史人物形象，既有对帝王将相千秋功罪的评论，也有对平民百姓鲜明生动的描摹。莎士比亚在他的历史剧中贯穿了一种追求国家统一、和平，反对封建割据、反对战争的思想，洋溢着爱国主义精神和民族自豪感。莎士比亚并不否定王权统治，他寄希望于开明君主，试图通过道德改良的途径找到这种社会救星，表现出人文主义依附王权的历史特点。但与此同时，剧中也描写封建专制统治带给人民的无穷灾难和痛苦，在一定程度上表达了被压迫者的不满和反抗（例如起义或叛乱）。莎士比亚的历史剧注重人物性格刻画，在表现人物心灵和外貌方面达到了当时历史剧创作的顶峰。此外，莎士比亚的历史剧不同于传统历史剧，它熔史剧和喜剧于一炉，超越了传统剧种风格，使崇高与卑俗、悲壮与诙谐交相映衬。在结构上，莎士比亚得心应手地运用单线、双线甚至网状互织结构，使其历史剧艺术表现达到前所未有的高度。

宫内大臣供奉剧团因为有莎士比亚加入而鸿运高照，很快就击败了竞争对手海军大臣供奉剧团。有文件记载，伊丽莎白女王在位期间，莎士比亚所在的宫内大臣供奉剧团共进宫演出32次，和他们竞争的海军大臣供奉剧团20次，其他剧团共13次。剧团入宫演出是荣耀的标志，也是财富的来源。莎士比亚的剧团在宫廷演出每场收入高达10镑。

《仲夏夜之梦》（1596）是莎士比亚为宫廷演出而写的一部最富幻想和浪漫色彩的喜剧。其故事情节分别来源于普鲁塔克、黎里、奥维德等国内外诗人或作家的作品，当然其中也有莎士比亚自己创作的情节。从这部作品开始，莎士比亚的喜剧创作进入成熟阶段。《仲夏夜之梦》剧情复杂，共有四条发展线索，描写赫米亚与拉山德、海丽娜与狄米特律斯两对青年男女间的纠葛，雅典公爵忒修斯与阿玛女王希波吕忒的结婚，仙王奥布朗与仙后提泰妮娅的争吵与和好，还有雅典的一伙手艺人"戏中戏"的排练与演出。在这出戏中，神话世界和现实世界交织在一起，神和人都一样有七情六欲，都追求爱情生活的幸福。喜剧变化多端，背景是大自然，场面广阔。莎士比亚调动了很多艺术手段，如虚构、巧合、滑稽及大量的音乐舞蹈等场面，使此剧成为兼具嬉戏和愚蠢行为的优美戏剧。

《威尼斯商人》创作于1596年，是莎士比亚早期喜剧中社会讽刺性最强的一部。促使莎士比亚创作这部戏剧的原因，是当时轰动一时的"洛佩斯事件"。伊丽莎白在位时，经常以更换宠臣的方法来巩固自己的统治。1588年，年轻的爱塞克斯伯爵成为女王的新宠。在宫廷内形成了以宫廷老臣伯里为中心和以爱塞克斯伯爵为中心的两派势力。一天，爱塞克斯伯爵想到一个向女王表忠心的主意：指控女王的御医洛佩斯为西班牙间谍，并迫使他承认试图谋害女王。在法庭上，洛佩斯竭力为自己辩解，但无论是贵族还是平民都不相信他：因为他是一个犹太人。"洛佩斯事件"引起伦敦各阶层对犹太人问题的关注。为了迎合当时的社会气氛，海军大臣供奉剧团上演了马洛的悲剧《马耳他岛的犹太人》。内务大臣供奉剧团也不甘示弱，决定上演一部自己编写的关于犹太人的剧

→ 《仲夏夜之梦》第4幕第1场。滑稽可笑的织工波顿本来是和几个同是手艺人的伙伴们来林中排戏，小精灵帕克使织工变成了一头可笑的蠢驴，而仙后在接触魔汁后一觉醒来看见了这个可怜的家伙，因为魔汁的威力而爱上了他。

本，以吸引观众。于是，莎士比亚的《威尼斯商人》诞生了。

《威尼斯商人》的题材来源是多方面的。马洛的《马耳他岛的犹太人》对此剧的影响可能最显著。剧本开始时，威尼斯商人安东尼奥闷闷不乐。他的朋友巴萨尼奥因向富家小姐鲍西娅求婚而愁礼金微薄。安东尼奥为了帮他的忙，便向犹太商人夏洛克借了高利贷，双方商定如到期不还钱，夏洛克就可以在安东尼奥身上割一磅肉还债。在猜匣选美一场中，巴萨尼奥击败其他的求婚者，赢得了鲍西娅的爱情。此时，安东尼奥却由于载着其全部财产的商船在海上失事、无力还债而受到夏洛克的威逼，命在旦夕。聪明的鲍西娅小姐扮成青年博士出现在法庭上，巧言断案，使夏洛克割一磅肉的企图无法实现。夏洛克被法庭判为企图谋害人命而受重罚。该剧结尾时，有消息传来，安东尼奥的三条船也安然入港。于是剧中的三对恋人——巴萨尼奥和鲍西娅、罗兰佐和杰西卡、葛莱西安诺和尼莉莎——得以在喜剧气氛中各遂心愿。

此剧具有两个独立而又互相照应的情节，编织得十分巧妙。剧情进展较迅速，悲剧和喜剧成分交相辉映，现实性和浪漫性各擅其长。剧本的浪漫气氛尤见于巴萨尼奥和鲍西娅之间的爱情故事。猜匣选美的情节，与中国传统的抛绣球或比武招亲之类颇有异曲同工之妙。现实性则主要体现在弥漫全剧的渗透伊丽莎白女王时期的重商主义精神与旧式封建贵族价值观

→ 夏洛克对萨拉里诺和萨莱里奥控诉基督徒对他的迫害，出于对安东尼奥的报复，提出逾期不还就割安东尼奥身上一磅肉的条约。（《威尼斯商人》第3幕第1场）

念之间的冲突以及当时英国人的反犹太情绪。此剧从某种意义上看，也是莎士比亚对人性中的仇恨心理的研究。而与此相对应，莎士比亚似乎通过鲍西娅这个人物宣扬了基督教教义中的宽恕原则。在人物刻画方面，一般认为鲍西娅是莎士比亚笔下最优美最成功的女性之一。她聪明、美貌、机智、行事果断而又善良仁慈，是一个相当理想化的人物，从一个方面体现了文艺复兴时期人文主义者的追求。与之形成鲜明对照的则是反面角色犹太人夏洛克。表面上看，夏洛克被塑造成邪恶的代表，他唯利是图，吝啬狡诈，复仇心重。但是，20世纪莎评家的研究却日益倾向于认为应

莎士比亚戏剧《威尼斯商人》在芝加哥莎士比亚剧院首演。

在《威尼斯商人》中，莎士比亚设计了"一磅肉"的情节，借以表露夏洛克的凶残贪婪。

对夏洛克给予一定的同情。夏洛克的行为不是偶然的，在当时普遍仇恨犹太人的基督教世界中，夏洛克的行动具有一定的民族复仇意义。如果说夏洛克缺乏宽恕精神，那么当时的基督教世界也不曾给予他多少理解。安东尼奥对夏洛克的态度就是相当刻薄和不宽容的。当然，夏洛克是一个非常复杂的人物，在我们对他进行客观描述的时候，一方面要考虑到当时的社会文化背景，另一方面也要考虑到他毕竟是一个被设计为一个反面角色的戏剧人物。因此，对他的同情和理解是有限度的。《威尼斯商人》是莎士比亚最成功的戏剧之一。它不仅情节精彩，人物性格鲜明，而且语言生动，诗意浓郁。因此，它获得读者和观众长盛不衰的欢迎绝不是偶然的。

《皆大欢喜》（1598—1600）的故事材料主要来源于托马斯·洛奇的《罗莎琳德》。剧本写善良、能干的奥兰多为其长兄奥利佛所嫉恨，被迫出走亚登森林。后来奥兰多救了奥利佛一命，奥利佛因此幡然悔悟，兄弟俩重归于好。与此平行的另一条线索是老公爵的弟弟弗莱德里克图谋篡夺老公爵之位。老公爵被逐出王宫，隐居亚登森林。其弟新公爵弗莱德里克进犯亚登森林，却在林边被一得道高僧点悟，看破红尘，遂与老公爵握手言和。于是剧中人物或因爱情如愿以偿，或因财富名誉失而复得，一起载歌载舞，皆大欢喜。

此剧有很浓的田园牧歌情调。亚登森林的绿色世界象征着理想的人生，与尔虞我诈的现实宫廷世界形成鲜明对比。作者热情讴歌了善良无私、忠于爱情的美好品质，揭示了背信弃义、自私自利的丑恶行径，颂扬了和解、宽恕与报答的伦理道德观，展示了人文主义理想的情操与价值。剧中的女主角罗莎琳是莎士比亚创造的成功女性之一，她乐观机智、善良而又忠于爱情。剧中的小丑"试金石"富于人性，赋予了这出浪漫戏剧某种冷峻的现实色彩。《皆大欢喜》是莎士比亚喜剧中的精品之一，当代西方莎学界对之评价甚高。

《第十二夜》（1600—1602）可以说是和《皆大欢喜》一样成熟的作品，故事取材于英国作家巴纳比·里奇的《与军职告别》一书。圣诞节过后的第十二夜是冬季节日的终结，是和欢乐告别的日子。《第十二夜》的创作对莎士比亚而言也是一次告别，因为从此以后他再也不写这种充满快乐的喜剧了。这出剧围绕爱情主题安排了七条线索，表现了七种爱情。薇奥拉——奥丽维亚——奥西诺这一三角恋爱是故事的中心线索。除了次要人物安德鲁和马伏里奥的爱情失败之外，其余人物的爱情都各遂所愿。剧本表现他们奋力冲破禁欲主义的束缚和封建等级的枷锁，执着地追求爱情和幸福，勇于自我牺牲的精神。在一定的意义上，单相思这个主题在剧本中起着主要的喜剧作用。这个剧本是喜剧和传奇的结合，它显示出莎士比亚已能得心应手地驾驭戏剧情节，使它们从头至尾吸引住观众。一些莎评家认为，此剧包含着莎士比亚所有剧本中最完美的漫画式人物——马伏里奥。此人爱的主要是自己，然后才是风流韵事。费斯特则被看作莎士比亚塑造的最成功的小丑。

《一报还一报》（1604）是莎士比亚最后一部喜剧，也属于问题剧。此剧题材来自意大利作家钦齐奥的故事集《百篇故事》中的一篇短篇小说。剧本写维也纳青年克劳狄奥同自己的未婚妻朱丽叶小姐婚前同居，摄政的安哲鲁为了整饬法纪，欲按旧法处死克劳狄奥。克劳狄奥的姐姐伊莎贝拉为弟弟求情。安哲鲁爱上了伊莎贝拉，要伊莎贝拉用她的贞操换取弟弟的生命。这时老公爵暗中帮助，使用调包计，让安哲鲁和冒名伊莎贝拉的女人马丽安娜发生关系。结果安哲鲁被宣布犯了和克劳狄奥同样的罪，亦必须处以极刑。此所谓一报还一报。但剧本仍以大团圆结束。公爵赦免了安哲鲁，使之与马丽安娜结婚；释放了克劳狄奥，玉成他和朱丽叶的美满婚姻。

此剧历来被看作是一部问题剧。剧本无情地谴责和嘲弄了以安哲鲁为代表的执法者的淫欲和伪善，揭穿了道貌岸然的正人君子的假面目，同时提出了一系列严峻的社会问题和伦理道德问题，如法治与德治问题、道德与情欲问题、贞操与名誉问题等。显然，剧本的结局似在表明：要挽救世风日下的社会，只靠严刑峻法是难以奏效的，关键在于使人们的心地变得善良仁慈，教导人民必须学会宽容与怜悯，才能挽救罪恶的社会。

总之，莎士比亚的喜剧在情调上有明显的前期和后期之别。前期喜剧颇具抒情和浪漫性，后期喜剧则多讽刺性和现实性，愈往后其悲喜交融的气氛愈往悲剧气氛发展，体现了莎士比亚对现实生活感受的日益深化。这也许与莎士比亚1596年丧子的经历有关。在他失去爱子哈姆尼特之后的四年里，他的喜剧并不完全快乐，某些地方似乎也折射了内心深深的伤痛。

第十一章

莎士比亚在伦敦（二）：中期的生活与创作（1601—1608）

1601年，莎士比亚37岁。在伦敦的十年之内，他的喜剧、历史剧达到了难以超越的高度。创作历史剧和喜剧积累的丰富经验又使他有足够的艺术功力去反映现实，表达自己的思想。于是，他开始转向悲剧创作。他最伟大的悲剧大多数产生于这个时期，加上之前创作的三部悲剧，共有十部。它们是《泰特斯·安德洛尼克斯》（1593）、《罗密欧与朱丽叶》（1594）、《裘力斯·恺撒》（1599）、《哈姆莱特》（1601）、《奥赛罗》（1604）、《李尔王》（1605）、《麦克白》（1606）、《安东尼与克莉奥佩特拉》（1606）、《科利奥兰纳斯》（1607）、《雅典的泰门》（1607）。其中最享盛誉者当推四大悲剧：《哈姆莱特》《麦克白》《李尔王》和《奥赛罗》。

在伊丽莎白统治末期，英格兰经历了许多考验。

内战的阴影、旷日持久的反西班牙战争、残酷的圈地运动使得英格兰随处可见流离失所的穷人。疾恶如仇、富于人文理想的莎士比亚对这些黑暗和罪恶是不可能熟视无睹、无动于衷的。因此，他的悲剧一开始就具有鲜明的民族性。它虽然深受古希腊、罗马悲剧尤其是罗马戏剧家塞内加的复仇剧的影响，但由于塞内加的悲剧不适合舞台演出，迫使英国悲剧在艺术上闯出自己的道路。莎士比亚之前，马洛等戏剧家已写出了相当水平的悲剧，这无疑为莎士比亚的悲剧创作打下了基础。

莎士比亚的悲剧在对社会的批判上具有空前的深度和广度。它是生活的一面镜子，照出封建社会的种种丑恶和弊端，尤其是批判了西方世界资本原始积累时期的道德观和价值观。莎士比亚的悲剧主人公多数是帝王将相，而且多数以死亡告终。莎士比亚在塑造这些人物时，常常注意社会环境等因素对其性格的交叉影响。他不仅描写悲剧性格与环境的冲突，而且更侧重描写悲剧人物内心世界的冲突。

此外，莎士比亚悲剧的情节一般具有两条或两条以上的发展线索，形成一种复调结构。不仅如此，莎士比亚还常常在悲剧之中加入喜剧的因素，从而进一步衬托出更强的悲剧性。

《泰特斯·安德洛尼克斯》虽是莎士比亚的第一部悲剧，但不是莎剧中的上乘之作。部分内容可能取自古罗马悲剧家塞内加的剧本和古罗马诗人奥维德的

→ 版画：《泰特斯的花园——拉维妮娅追逐小卢修斯》，托马斯·柯尔克（1765—1797）。在泰特斯的花园，拉维妮娅追逐小卢修斯，引起了父亲泰特斯的注意。断肢的拉维妮娅让老父亲帮助她把古罗马诗人奥维德的《变形记》翻到与她身世相似的菲罗梅尔的故事。（《泰特斯·安德洛尼克斯》，第4幕第1场）

《变形记》。此剧描写哥特女王塔摩拉复仇和罗马统帅泰特斯·安德洛尼克斯的反复仇。这是一出典型的复仇流血悲剧，强奸、暗杀、断舌、肢解，14起暴力行为和34具尸体，一段截残的舌头及人肉馅饼。难怪初次上演时，会场中的女观众惊倒在地。

《罗密欧与朱丽叶》标志着莎士比亚悲剧创作上的进步。此剧来源于1554年意大利作家班戴洛的一个故事，是一出关于浪漫爱情的悲剧。剧中写蒙太古之子罗密欧和凯普莱特之女朱丽叶一见钟情，却因双方父亲是世仇冤家，无法结婚，最终由于阴差阳错，双双殉情而死。莎士比亚的这部剧作在人物性格的塑造方面已比《泰特斯·安德洛尼克斯》有了明显进步。男女主人公一开始都很浪漫，在经历过一番生活的折磨之后，终于成熟，达到能为爱情做出自我牺牲的境界。此剧的诗风特别优美，精雕细刻，颇适合那种浪漫悲怆气氛。罗密欧与朱丽叶这两个悲剧人物与莎士比亚此后创作的悲剧人物有一个关键的不同点：他们的冲突不是来源于内心情感的矛盾和性格本身，而是来源于外部环境，例如恋人双方的世仇因素，捎信的约翰神父于途中受阻而未将性命攸关的信带到曼多亚，致使这对情人死于非命。《罗密欧与朱丽叶》是莎士比亚悲剧中浪漫主义抒情色彩最浓的一部剧作，也是一曲反对封建主义，倡导自由平等、个性解放、婚姻自主的颂歌。

《裘力斯·恺撒》标志着莎士比亚处理悲剧人

▶ 油画：《罗密欧与朱丽叶在凯普莱特家的舞会上相遇》，罗伯特·亚历山大·希灵福德（1828—1904）

⬅ 水彩画:《阳台上的朱丽叶》,约翰·马赛·莱特(1777—1866)。朱丽叶伫立在阳台上,罗密欧就是在下面对她倾诉了自己的爱慕之情,并爬上阳台开始了一段倾城之恋。(《罗密欧与朱丽叶》,第2幕第2场)

物的技巧已相当娴熟。此剧题材来源于古罗马作家普鲁塔克的《希腊、罗马名人传》。剧本写布鲁托斯和凯歇斯等人为反对罗马独裁者裘力斯·恺撒称帝合谋将其刺死。但恺撒的亲信安东尼却巧妙地利用布鲁托斯给他的当众演讲机会煽起民众对刺杀恺撒的仇恨情绪,使布鲁托斯等人失掉了民心,最后战败身亡。安东尼等攫取了罗马统治大权，开始了继恺撒之后的专制统治。

此剧以生动简练的笔触描写了独裁势力和反独裁势力之间的生死搏斗，形象展示了共和主义理想在与专制强权之间的巨大冲突中遭到毁灭的悲剧。剧中的主要人物布鲁托斯是一个高尚的理想主义者，却死于对敌人的过分仁慈与宽大。安东尼阴险狡诈、能言善

➡ 裘力斯·恺撒半身像，安德里亚·费鲁奇（1465—1526）创作，收藏于大都会艺术博物馆。雕像描绘了恺撒中年的样子，有一些皱纹，但仍然很有活力，身着华丽的胸甲，胸甲中央是尖叫的美杜莎。美杜莎是古希腊神话中的蛇发女妖，被帕尔修斯割下了头献给雅典娜，雅典娜将美杜莎的头雕刻在自己的胸甲中央，据说可以驱邪除魔。

← 《刺杀恺撒》是文森佐·卡穆奇尼于1806年创作的一幅油画。

→ 布鲁托斯看到了恺撒的鬼魂。《裘力斯·恺撒》第4幕第3场）

辩，是一个典型的政客。凯歇斯虽站在反独裁势力一边，但有迹象表明，他似乎动机不纯，远不如布鲁托斯光明正大、无私无畏。

这出戏情节单纯、紧凑，无多余的事件。两位政治家的当众演讲妙言警语连篇迭出，非常精彩。从此，莎士比亚驾驭悲剧题材的技巧和能力已经相当成熟，这就为他后来编写四大悲剧打下了坚实的基础。

《哈姆莱特》是莎士比亚悲剧创作中最知名的作品，被许多莎评家视为莎士比亚全部创作乃至英国文艺复兴时期文学创作的顶峰。《哈姆莱特》开始了莎士比亚新的创作高潮。1601年是伊丽莎白时代发生重大变化的一年，其标志就是埃赛克斯伯爵叛乱失败。埃塞克斯伯爵曾两次率领英国舰队战胜西班牙舰队，在民众中颇有威信。1599年，爱尔兰爆发农民起义，埃赛克斯伯爵与南安普顿伯爵一同前往爱尔兰平叛失败，1600年8月受到法庭审判，被解除一切职务。他不甘心失败，发动叛乱，被女王处死。南安普顿伯爵也卷入其中，但因年轻幸免于死，被囚入伦敦塔中。莎士比亚一向与埃赛克斯伯爵过从甚密，南安普顿伯爵又是莎士比亚早年的保护人，这一事件对莎士比亚的影响很大，在他的剧作中留下了痕迹，尤其是在悲剧《哈姆莱特》中。因此有学者认为《哈姆莱特》是一部具有政治影射性质的作品，对此，中国学者辜正坤的博士论文做了专门研究。此外，伊丽莎白一世1603年去世，没有留下任何子嗣，苏格兰国王詹姆士六世继位。当时英国政局极不稳定，莎士比亚在此时推出一部因争夺王位而导致国家分崩离析的《哈姆莱特》是可以理解的。此剧可能写于1598—1602年之间，当时伊丽莎白女王年老多病，王位继承问题也正是民众所关心的问题。

　　《哈姆莱特》一剧可能取材于12世纪末丹麦编年史家萨克索·格兰玛狄克的《丹麦史》。1576年，法国作家贝尔福雷的《悲剧故事集》中首次收有此故事的改写本。此外，16世纪80年代，伦敦舞台上曾上演过托马斯·基德的类似复仇剧《西班牙悲剧》。莎士比亚很可能从上述渠道获取了相关题材。

《哈姆莱特》写丹麦王子哈姆莱特为父复仇的故事。由于父王暴死，正在德国人文主义中心维登堡大学读书的王子哈姆莱特匆匆回国，却发现叔父克劳迪斯与王后成婚并继承了王位。哈姆莱特悲愤交集。后来，其父鬼魂显灵，告诉他是其叔父杀死自己篡夺了王位。哈姆莱特就用戏中戏影射叔父杀兄夺嫂的罪行来获取证明，同时决定要为父复仇。奸王不断试探哈姆莱特，他只好以装疯的方式来掩盖自己的真实意图，同时在如何复仇问题上犹豫不决。奥菲利娅是他心爱的人，因为她父亲被哈姆莱特错杀和她本人恋爱

➡ 19世纪水彩画，《哈姆莱特误刺波洛纽斯》，柯尔克·史密斯。波洛纽斯是丹麦大臣，克劳狄斯的心腹，在偷听哈姆莱特与其母亲的谈话时，被哈姆莱特刺死。（《哈姆莱特》，第3幕第4场）

挫败导致精神失常，溺死水中。后来，在奸王的挑唆下，哈姆莱特与奥菲利娅的弟弟雷欧提斯比武，双双中了毒剑，王后则误饮奸王为谋害哈姆莱特而设下的毒酒而死。哈姆莱特在临终前刺死了奸王，报了父仇。

《哈姆莱特》的情节结构十分巧妙。例如为父复仇就有三条线索：哈姆莱特为父被谋杀篡权复仇，雷欧提斯为被哈姆莱特无意中杀死的父亲波洛纽斯复仇，福丁布拉斯为在战场上比武丧生的父亲复仇。因此，流血与复仇的情绪笼罩全篇，生动地再现了封建王朝时代权力运作过程中的血腥场面。剧中还描写了三组关系：老王和王后的婚姻关系、奸王和王后的婚姻关系、哈姆莱特和奥菲利娅的恋爱关系。这三组以情爱为纽带的关系也都以悲剧收场。所以，不管是在角逐权利的战场上还是在男女情爱的情场上，我们看到的都是悲惨的结局。此外，剧中还描写了四组谋杀情节：英国国王误杀丹麦国王派出的信使，哈姆莱特误杀波洛纽斯和后来的雷欧提斯，克劳迪斯误杀王后。重重误杀表现了人物和环境之间不以人的意志为转移而导致阴差阳错的悲惨结局，这也是古希腊悲剧中常常表现出的类似主题：人无法抗拒命运。并行交叉的复杂情节加上广阔的社会场景——从宫廷到民间，从国内到国外，从陆地到大海，从人的世界到鬼魂世界，从外表世界到内心世界，使得《哈姆莱特》一剧波澜壮阔、万象环生。但此剧描写最生动的不是外部世界，而是主人公的内心冲突。这一冲突鲜明地

→ 哈姆莱特中的"掘墓"场景，尤金·德拉克鲁瓦1839年绘制。哈姆莱特看到掘墓人从坟墓里挖出来的骷髅，问掘墓人这是谁的骷髅，掘墓人回答是约里克的，约里克曾经是宫廷弄臣，哈姆莱特就对着这个骷髅思考生命无常在瞬间带来的生死幻灭。(《哈姆莱特》，第5幕第1场)

表现在哈姆莱特的忧郁情绪上，特别是他在复仇问题上的延宕蹉跎，贻误时机。

在一定程度上，哈姆莱特的延宕行为是他性格发展的典型特征，由此可烛照哈姆莱特的深层心理结构。关于哈姆莱特延宕的基本原因，各家解释不一。歌德认为哈姆莱特之所以延宕，是因为他性格软弱，意志力不强，难以承担如此重大的复仇任务；柯尔律治认为哈姆莱特过分耽于思考；叔本华认为哈姆莱特的延宕行为与他的厌世主义相关；弗洛伊德及其门徒厄内斯特·琼斯则以恋母情结解释哈姆莱特的延宕，如此等等。虽然上述原因也能部分解释哈姆莱特的行为，但中国学者辜正坤认为，更好的做法是从文本内原因和非文本原因两方面来找。其中最关键的文本内原因是哈姆莱特的权欲与其道德顾虑之间的冲突，文本外原因则是莎士比亚有意用哈姆莱特的行为来影射伊丽莎白时代女王宠臣埃塞克斯伯爵在图谋推翻女王时犹豫不决的长期延宕。

传统的莎评家们大多把哈姆莱特看作是文艺复兴时期人文主义的代表。哈姆莱特身上确实有人文主义思想的闪光，但更多的时候，他却是一个因失掉父亲和王位继承权之后悲愤交加而又无可奈何、处于进退两难境地的封建王子。他身上有较浓厚的与人文主义精神相违背的情绪，例如厌世情绪、宿命感、封建等级观念等。他几乎憎恨一切，认为丹麦社会是一座监狱，认为"时代脱节"了。这固然可以解释为哈姆莱特对奸王杀兄夺嫂行为深感悲愤的结果，但未尝不与子承父位的封建传统被打破这一客观情况相关。

  这里有必要对哈姆莱特的主要对手克劳狄斯做一番考察分析。流行的看法是，克劳狄斯是封建王权和黑暗势力的主要代表，集阴险奸诈、残暴狠毒、荒淫沉沦于一身。从剧本的基本构思来看，这个说法是合理的。但莎翁笔下的人物往往是善恶行为都不同程度地兼而有之，恶棍也有良心发现的时候，例如克劳狄斯向上天所做的忏悔。克劳狄斯与其说像一个封建王权的代表人物，不如说更像新兴资产阶级的代表人物。他之所以能上台，靠的是手下有一批拥戴他并甘愿为之充当马前卒的臣子和帮凶。这和靠封建式的王位继承传统显然有区别。他在位期间似乎表现得精明干练、礼贤下士，他对王后的温柔体贴也不像是口蜜腹剑、故作姿态。这样一来，这个一度被传统莎评家们视为万恶不赦的封建势力的代表却显露出相当多的人文主义倾向。这是一种奇怪的结合，显示出莎士比亚戏剧人物性格构成上的令人困惑的复杂性、多样性和立体性。同时，这也意味着我们应以更清醒的历史唯物主义来分析莎士比亚的戏剧人物，不能简单地把一顶人文主义帽子戴在哈姆莱特的身上，从而把他的所有行为都拔高为人文主义的表现，并给予过多的赞扬。哈姆莱特从本性来说，既有善良、正直、进取向上的一面，也有相当多的封建等级思想、男尊女卑的思想和厌世虚无的人生观。他虽是一个想有一番作为的人，但是父亲的猝死、母亲的改嫁无疑沉重地打击了他的理想。因此，在哈姆莱特身上，两种意识此起彼伏，在不同的场合会不同程度地显示出来。

《哈姆莱特》中其他人物如波洛纽斯、奥菲利娅等也很有个性。波洛纽斯是一个精于世故、昏庸老朽的狡猾官僚。他忠于国王，不惜拿女儿做诱饵来帮助国王打探哈姆莱特的内心秘密。他给儿子雷欧提斯临行前的赠言虽有庸俗势利的一面，但也相当警策。读者并不恨他，等他后来成了国王的替死鬼时，读者倒有几分同情他。奥菲利娅是个朴素天真的贵族姑娘，她对哈姆莱特的爱情是真挚的，但接下来却因父亲暴死、情人发疯，而自身精神失常，溺水而死。她和哈姆莱特形成两个疯人形象：哈姆莱特先疯，却是假疯；奥菲利娅后疯，却是真疯。假疯者死于他杀，真疯者死于自杀，这种安排和结局也体现了作者的戏剧技巧。

《哈姆莱特》一剧的语言十分精彩，如著名的"苟活，还是轻生"一段，历来脍炙人口。在墓地里哈姆莱特与掘墓人的谈话和哈姆莱特捧着骷髅的谈话都妙趣横生，令人解颐，使剧本在悲剧的大气氛中又有喜剧的穿插，情节张弛有度。

1603年伊丽莎白女王去世，45年的辉煌统治结束，但莎士比亚和他的剧团并没有受到损失，几周之后，新国王詹姆士一世将宫内大臣供奉剧团纳为自己的国王供奉剧团，对于剧团和作家来说，这是史无前例的成功。1603—1604年的冬天，剧团在王宫演出8

部剧。下一个演出季，共演出11场10部剧，其中有7部戏剧是莎士比亚创作的。国王非常喜欢《威尼斯商人》，三天之内点了两次。

《奥赛罗》是莎士比亚的另一主要悲剧，题材来自意大利作家钦齐奥所写的《百篇故事》中的短篇小说《威尼斯的摩尔人》。

威尼斯公国的大将奥赛罗南征北战、英勇奇雄。他的故事感动了元老勃拉班修的女儿苔丝狄蒙娜。二人同气相求、同声相应，遂决心结成良缘。但奥赛罗是一个黑人，与苔丝狄蒙娜异族通婚，自然会遭到勃拉班修的反对。奥赛罗手下的旗官伊阿古嫉恨奥赛罗没有提升他当副将却把这一职位给了资历比他浅的凯西奥，决意报复奥赛罗。他勾结花花公子罗德利哥在塞浦路斯岛上制造事端，使奥赛罗撤了凯西奥的职。他又挑起奥赛罗的嫉妒心，说苔丝狄蒙娜与凯西奥有暧昧关系，并利用苔丝狄蒙娜遗失的手帕嫁祸凯西奥，使奥赛罗信以为真，遂派伊阿古刺杀凯西奥，同时自己掐死了妻子苔丝狄蒙娜。后来伊阿古的妻子道出真相，奥赛罗悔恨交加，自刎于妻子身旁。伊阿古也罪有应得，受到惩罚。

《奥赛罗》的基本主题是人文主义的爱情理想遭受挫折而造成悲剧。此剧的情节编织得非常紧凑、严密、完整。各场之间环环相扣，无多余笔墨。从开场到结局悬念迭起，情节十分感人。莎士比亚在此剧中不再使用插科打诨的技巧，也不用数条线交叉发展的方式,而是采用单线,重墨写奥赛罗与伊阿古之间的矛盾斗争,使高潮的产生合情合理,使观众在艺术享受上得到充分的满足感。

剧中的三个人物颇具典型性。奥赛罗虽是黑人,但能赢得白人贵族之女苔丝狄蒙娜的爱情,这本身就是奇迹,可与他半世出生入死所经历的种种奇迹媲美。不同的是,奥赛罗在战场上能叱咤风云,所向披靡,在情场上却显得迟钝呆板,动辄得咎。考虑到异族通婚的种种先天不利条件,他的爱情似乎从最初就注定要成为悲剧。有人认为是他的嫉妒性格造成了他的悲剧,甚至经常有人称他为"嫉妒鬼奥赛罗",这种看法是不恰当的。恰恰相反,奥赛罗并不是天性嫉妒的人,他的主要特点是不太世故,且过分轻信他人。剧中真正的嫉妒鬼实际上是伊阿古。他嫉妒凯西奥的升迁,嫉妒摩尔人得到高官和美女,甚至怀疑奥

➡ 托马斯·基恩1884年的《奥赛罗》演出海报。

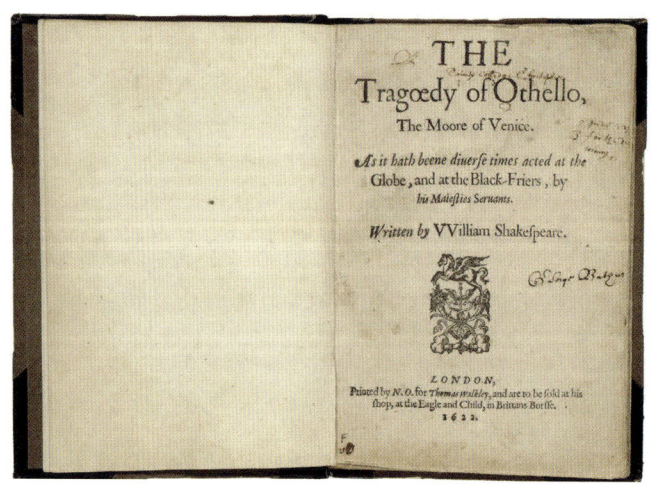

⬅ 《奥赛罗》在当时非常受欢迎,但是在莎士比亚生前从未付印。1622年第一版四开本,发行人为托马斯·沃克利,他在卷首写了一短篇致读者书,声明"著者已死",其负责发行。四开本大概是根据排演脚本而印,行数较少。

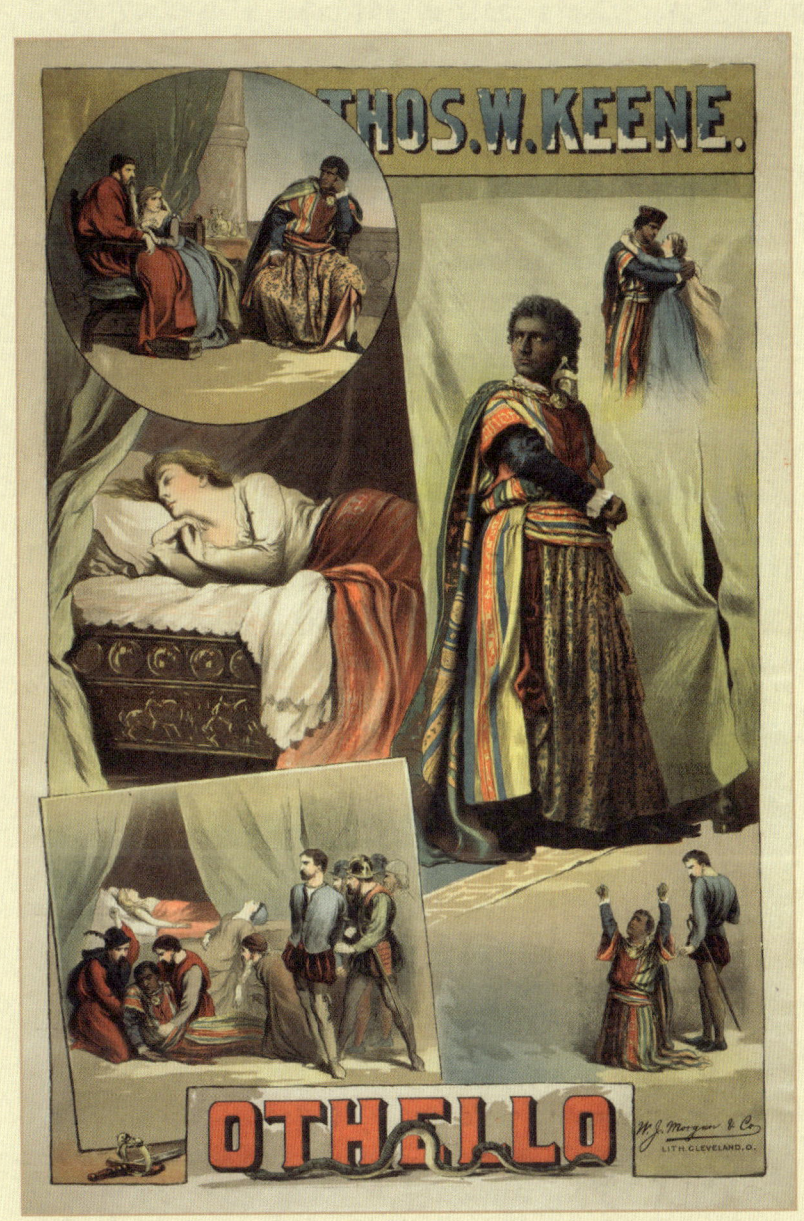

赛罗与自己的妻子有暧昧关系。从这个意义上来讲，认为这出剧侧重描写的是嫉妒如何造成悲剧，也有一定的道理。苔丝狄蒙娜是一个真正纯洁、美好、善良、真诚的人。她临死前仍处处为奥赛罗着想，不惜殉命以保全自己的丈夫。她的光辉形象使千百万观众为之落泪。《奥赛罗》一剧对18世纪的欧洲启蒙主义戏剧起了积极作用，伏尔泰的悲剧《扎伊尔》和席勒的悲剧《阴谋与爱情》都曾从此剧得到启发。

《李尔王》是莎士比亚的第三部主要悲剧。霍林西德《编年史》中有关于李尔的记载，1594年有佚名作者编写了《李尔王及其三女的悲剧》。故事写统治英伦三岛的君王李尔老年时苦于政务，想将国土平分给三个女儿，他自己则享无冕之王的清福。在举行分土仪式时，李尔试探了一下三个女儿的孝心。大女儿和二女儿都尽量说些奉承话，遂各偿其愿，唯小女儿说话实事求是，反而激怒李尔，被剥夺份地，远嫁给法国国王。之后说尽漂亮话的大女儿高纳里尔和二女儿里根轮番恶待其父，致李尔无家可归，精神失常，流落荒野。小女儿考狄利娅知情后，对两个姐姐兴师问罪，却不幸败北，与其父李尔均死于狱中。高纳里尔与里根互相火并，同归于尽。

剧本的另一条线索则写重臣葛罗斯特伯爵的长子埃德伽与次子爱德蒙之间的斗争。爱德蒙无比邪恶，蓄意陷害其兄，私吞家产，迫使埃德伽蒙受不白之冤潜逃野外。葛罗斯特后来虽知道了真相，但已被剜掉

→ 版画：《李尔王》，威廉·夏普（1749—1824）

双目。爱德蒙作恶多端，最后死于埃德伽剑下。

《李尔王》是莎士比亚戏剧中悲剧效果最强烈的剧作之一。剧本由若干相互对立的因素构成。例如两个邪恶的姐姐与善良的妹妹相对照，邪恶的弟弟与善良的哥哥相对照，李尔王与葛罗斯特则是两种父亲的对照。所以我们可以说这出剧在安排处理善与恶两大势力的冲突与较量方面颇具匠心。

李尔的悲剧来源于诸多因素，其中最关键的因素是他自身的性格。他独断专横，刚愎自用，用自己的

手酿成灾难性的悲剧。李尔无法适应由他亲自造成的新环境,他虽已交出王权,但仍然要享受王权待遇,仍以国王自居,这是不现实的。李尔在重重的打击下进入了疯狂状态,但正如葛罗斯特眼瞎了之后才看见真理一样,李尔的疯狂反令他获得了真正的清醒。原野的暴风雨象征着李尔的内心风暴,是促使他清醒的外部因素。正是通过苦难遭遇,李尔才逐渐认清了自己的本来面目,从而回归原始人性、回归自我。自身的苦难使他能够理喻别人乃至全体人民的苦难,想到那些"衣不蔽体的不幸的人们"。精神上的升华使李尔能坦然面对死亡,狱中与小女儿考狄利娅的会面是他历经苦难后的最后报偿,也是最感人的一幕。考狄利娅是善良的化身,她的结局似乎太残忍了,作者竟未能编织情节让这样一位崇高的女性得到好的结局,这使读者感到善有善报的信念受到了嘲弄,同时也对于她所代表的真正美好的爱,寄予无限的怜悯和同情。高纳里尔、里根和爱德蒙等人则是罪恶的化身,他们理所当然地不得好死。葛罗斯特的悲剧是李尔悲剧的陪衬,他被剜双目的结局正是他偏信爱德蒙的谎言所造成的。

《李尔王》这出剧探讨了恶性权欲如何毁灭人性、毁灭生活中美好的东西,探讨了家庭伦理规范,探讨了人们认识自我、走向真理的途径。这是一出家庭悲剧,更是一出社会悲剧。从一定的意义上说,它显示出文艺复兴时期人文主义理想遭遇挫折而破灭的图景。

← 《李尔王的三个女儿》,古斯塔夫·蒲柏(1831—1910),现收藏于波多黎各庞塞艺术博物馆。年事已高的李尔王意欲把国土分给三个女儿,口蜜腹剑的大女儿高纳里尔和二女儿里根赢其宠信而瓜分国土,小女儿考狄利娅却因不愿阿谀奉承而一无所得。(《李尔王》,第1幕第1场)

◉ 《李尔王》，艾德文·奥斯汀·艾比，1898年。在这幅画中，考狄利娅——悲剧中莎士比亚笔下的女主人公——占据画面的中心位置。（《李尔王》，第1幕第1场）

《麦克白》也是莎士比亚的四大悲剧之一,其题材主要来源于霍林西德《编年史》。剧本写苏格兰贵族麦克白为国平息叛乱、胜利归来,路遇三女巫预言他本人和班柯的后代将先后成为苏格兰国王。女巫的预言、麦克白自己的野心、麦克白夫人的怂恿,促使麦克白谋杀了国王邓肯,登上了王位。为了防止

← 版画:《麦克白夫人》,詹姆斯·帕克(1750—1805)。等待着丈夫回来的麦克白夫人收到了丈夫的信从而知道了这样的预言,决意要将对于王位的野心变为现实。(《麦克白》,第1幕第5场)

→ 1884年托马斯·基恩饰演麦克白。

班柯及其后代成为苏格兰国王，麦克白又派人杀死了班柯。但班柯的儿子脱逃，成为麦克白的一块心病。在大宴群臣的时候，班柯的鬼魂出现，麦克白一反常态，几乎全盘说出自己的罪行，这一切引起群臣的猜疑。巩固流血得来的王位必须付出更多的血的代价。麦克白从女巫嘴里得知他必须留心另一个苏格兰贵族将军麦克德夫，同时知道没有一个由妇人生的人可以杀死自己。麦克白有恃无恐，大开杀戒，屠杀了麦克德夫的妻儿。后来邓肯的儿子马尔康得到英格兰国王的援助，进军麦克白所在的邓西嫩。麦克白众叛亲离。麦克白夫人因心理负担过重，发疯致死。麦克白在战场上与麦克德夫狭路相逢，最后被麦克德夫杀死，原来麦克德夫出生不是自然分娩，而是未足月就被剖腹取出的。邓西嫩被占领，马尔康加冕登基。

《麦克白》是莎士比亚四大悲剧中最后、最短、气氛最阴沉的一部剧作。全剧剧情非常单一，戏剧动作发展极为迅速。它的线索不像《哈姆莱特》或《李尔王》那样枝蔓纠缠。莎士比亚笔酣墨饱地描写了一个具有巨人性格的英雄人物如何在短时期内被权欲所控制，以罪恶的手段迅速实现自己的野心，巩固自己的王权，然后又无法挽回地成为自己权欲的牺牲品。

此剧在很大程度上是一出心理悲剧。它集中描写了一个强人灵魂深处极度尖锐激烈的冲突，揭示出这一主人公逐步走向堕落与灭亡的过程。麦克白虽然是一个坏人，但却是一个误入歧途的坏人。他天性未泯，常为自己的罪行感到痛心。难以压抑的权欲和强烈的道德伦理感在他的心灵深处进行着痛苦的对抗和较量。他虽然最终成了十恶不赦的暴君，但他又具有资产阶级新贵族的特点，英勇、敏感、雄心勃勃、富于诗人气质。他的悲剧是自己造成的，而不是像俄狄浦斯王所面临的那种无法逃脱的命运悲剧。麦克白本

➡ 版画：《麦克白》，詹姆斯·卡尔德沃尔（1739—1822）。女巫出现在麦克白和班柯面前。（《麦克白》，第1幕第3场）

来可以择善而从，但是他抵抗不了邪恶的诱惑，最终走向灭亡。

麦克白夫人表面上是一个罕见的勇敢、坚强而冷酷的人物。麦克白的堕落和她的怂恿有相当大的关系。但从心灵深处来看，她仍是脆弱的。她无法承担负罪感带来的巨大压力，以至于精神失常，死于恐惧和忧郁症。

《麦克白》一剧批判了存在于现实世界的恶性权欲，肯定了人文主义者的仁爱原则，肯定了良知，指出野心和仁爱是势不两立的。仁爱是人的天性，残暴则是违反人性的。此剧使用了若干超自然因素，如女巫的预言、鬼魂的出现等。它们对剧情的发展起着重要作用，同时也使全剧笼罩在一种阴森的气氛中。从某种意义上来看，女巫显灵象征着麦克白内心的种种野心和欲望。

莎士比亚不但在剧团的演出收入中分成，而且是环球剧场的所有人之一。他可以轻松地支付妻子和孩子在伦敦居住的费用，但是他的妻儿一直留在乡间。1597年年末，他的爱子去世后一年左右，他安排他的两个女儿——14岁的苏珊娜和12岁的朱迪思搬入他在斯特拉福购置的新居。有记录显示，自1602年5月至1605年7月，他在斯特拉福地区购置了土地和什一产益权——一种当时的农产品投资方式。他现在不仅是成功的剧作家和演员，而且是当地举足轻重的投资商和斯特拉福的头等公民。

第十二章

莎士比亚在伦敦（三）：
后期的生活与创作（1609—1612）

詹姆士一世上台以后，加强了王权统治，但并没有给社会带来安定。詹姆士一世本人是新教徒，他的妻子是天主教徒，他即位之后，天主教徒欢欣鼓舞。天主教徒期望能从詹姆士那里获得更公平的对待。但詹姆士最终延续了伊丽莎白的政策。天主教徒失望透顶，一些激进分子筹划暗杀国王。他们租了国会附近的一所房子，从地下挖密道，将36桶火药悄悄放入国会地下室。这批火药足有2.5吨，可以毁灭西敏寺附近的所有街区。国王将在1605年11月5日召开国会，到时所有的国会成员也将出席。由于整个阴谋事先已经被国会掌握，詹姆士一世没有在会议上出现，准备武装叛乱的策划者们被一一逮捕，有的被处绞刑，有的被砍死。这已是短时期内发生的第二次阴谋案件了。莎士比亚清醒地感到人文主义思想和现实之间的矛盾无法调和。随后几年他逐渐走出了阴暗、血腥的悲剧氛围，退居故乡田园，以一种恬淡、平和的心情看待生活。在莎士比亚戏剧创作的最后一个时期，他的个人生活是平安顺利的。

1607—1608年，伦敦的冬天非常冷，连泰晤士河都被冰封住了。这样寒冷的冬天是不适合室外演出的，于是莎士比亚所在的剧团——国王供奉剧团赎回了黑僧修道院的租赁权。黑僧修道院在1538年亨利八世下令解散各家修道院时被没收，它位于城墙内西端，是不受伦敦市管辖的自由区。国王供奉剧团把它变成一个室内演出场地。这样一来，剧团就有了两个演出场地——露天的环球剧场和室内剧场——黑僧剧院。剧院的演出非常成功，莎士比亚和其他所有的股

← 《暴风雨》在黑僧剧院演出。

东，收入都很丰厚。

黑僧剧院可容纳500多名观众，票价较贵，从6便士到2先令，均为坐席。能够在这儿看戏的大多是有产者和上层社会的成员。他们的欣赏趣味当然与环球剧场的平民观众不同。这也是影响莎士比亚后期创作风格的原因之一。与环球剧场相比，黑僧剧院的舞台设备比较讲究齐全。以照明为例，有挂在墙架上的火把、灯笼，有插在烛台上的蜡烛，还有沿着舞台周边安放的脚灯。这样的条件能营造一个富有神秘色彩和充满浪漫情调的环境。同时，音乐的功用得到了重视，这为莎士比亚晚期创作传奇剧提供了必要的条件。

莎士比亚似乎又回到了早年所喜爱的主题和情节上来，但在艺术处理上却大异其趣，充满了童话般的想象和对未来的憧憬。《暴风雨》是这一时期最重要的作品，剧中幻想成分很大，具有象征色彩。另外还有《辛白林》《冬天的故事》等。经历了诗歌、历史剧、喜剧及悲剧创作过程的莎士比亚，可以说已完成了对人性的深刻解剖工作，他的晚年创作生涯遂进入一个乐观、开朗及更理想化的境界。这个理想化的世界不是在现实中，而往往是在虚无缥缈的海外孤岛上。这表明莎士比亚已不再对改良现实社会抱有幻想。他只把人文主义的理想寄托在神秘主义和未来乌托邦式的世界。这一切使莎士比亚的传奇剧朦胧奇谲，罩上一层宗教神秘的面纱。他的传奇剧中表达一种宽恕和解的主题，回响着善恶轮回、因果报应的调

◀ 《辛白林》第3幕第4场，忠心的毕萨尼奥将波塞摩斯的信给了伊摩琴，揭露了他的阴谋，伊摩琴悲痛之下意图自尽，为毕萨尼奥所阻，遂决意前往意大利寻找波塞摩斯。

子。总的说来，他的传奇剧是乐观的，浪漫气氛很浓，使人憧憬美好的未来。

《暴风雨》约写于1611年，是莎士比亚的最后一部传奇剧，其题材可能来源于威廉·斯特雷奇的《书信》和西尔威斯特·乔丹的《发现百慕大，或称魔鬼岛》。一些莎评家们相信，这部剧作是莎士比亚决定放弃城市生活、荣归故里时所作，因此可看作是莎士比亚总结自己一生的压轴之作。其主题是和解与惩罚，希望用道德感化的方式来改造人类，完成对社会的改良。

此剧颇具田园风味，情调乐观。故事的背景是一个远离现实的海上理想世界，在这里同样发生着象征国家冲突的家庭血亲关系之间的冲突。以爱丽儿和普洛斯彼罗为代表的善控制着代表邪恶的凯列班，与莎

▶ 《暴风雨》第1幕第1场，普洛斯彼罗是意大利北部米兰城邦的公爵，通晓魔法，被弟弟安东尼奥篡夺了公爵的宝座。12年过去，某日，当那不勒斯国王的船临近小岛的时候，普洛斯彼罗吩咐爱丽儿用魔法唤起一阵风暴，让船在岛上触礁，船上的人安然无恙。

🔶 理查·伯贝奇是莎士比亚时期最出名的戏剧演员,从1594年起便长期在莎士比亚的剧团演戏,是莎士比亚最要好的朋友之一,重要的事业伙伴。莎士比亚在遗嘱中赠送三位演员每人26先令8便士买纪念戒指,伯贝奇便是其中之一。

士比亚其他剧中的现实社会正好形成鲜明对比。莎士比亚的《暴风雨》在戏剧结构上恪守古典戏剧的三一律,把时间集中在同一天的下午到傍晚的几个钟头之内,地点固定在一个孤立的海岛之上。剧本各部分结合非常完美,在若干方面与假面剧相似。其中的超自然现象对剧情的展开起着关键作用。剧中描写暴风雨的段落被誉为英国文学中的最佳篇章。此剧既是正剧和喜剧的结合,也是幻想与现实的结合。剧中刻画得最好的人物是凯列班与爱丽儿,前者代表人的兽性,后者代表了人的理想主义和超凡脱俗的一面。

第十三章

重回斯特拉福

在34年的婚姻中,莎士比亚与妻子大部分时间两地分居。大约在1610年,伦敦暴发一场瘟疫,莎士比亚立即选择退隐。在此之前他已经物色好的接班人——弗朗西斯·波蒙特和约翰·弗莱彻。他们有学识,有才华,有商业意识,也能一心一意编写观众想看的戏来赚钱。《亨利八世》于1613年6月26日在伦敦环球剧院上演,演到第1幕第4场时,由于剧情的需要点燃礼炮,结果不小心把剧场烧了个精光。这场意外导致莎士比亚彻底结束了他的戏剧生涯,他匆匆赶回斯特拉福的住宅,一栋宽敞的大房子——高18米,分3层,最高一层有5个并列的顶楼。他要回去过一种宁静悠闲的晚年生活,享受天伦之乐了。

1616年春天,莎士比亚自感身体不好,决定留下遗嘱。从1月25日到3月25日,遗嘱经过3次修改,最终

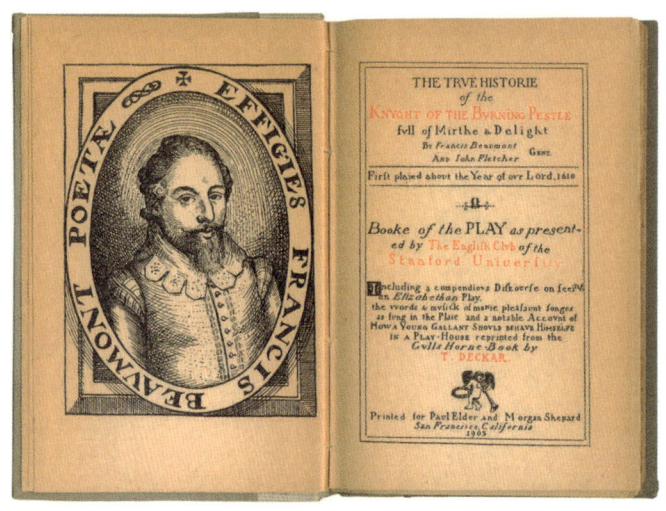

→ 波蒙特与弗莱彻合作剧本，《燃杵骑士》（1607）受《堂吉诃德》的影响，嘲讽了当时流行的冒险故事。

↑ 弗朗西斯·波蒙特（1584—1616），文艺复兴时期欧洲英格兰剧作家。他曾与约翰·弗莱彻保持密切合作，俩人一起创作了几十部传奇戏剧和喜剧。

↑ 约翰·弗莱彻（1579—1625），文艺复兴时期欧洲英格兰剧作家。他曾与弗朗西斯·波蒙特合作写作了几十部剧作和喜剧作品。另外，他还与莎士比亚共同创作了《亨利八世》和《两个贵亲》等作品。

在5位公证人的见证下定稿、签字。遗嘱共3页,每一页上都有一个莎士比亚的签名。

因为唯一的儿子在1596年去世,莎士比亚在遗嘱中将所有的财产,包括宅子、谷仓、马厩、果园、土地等,都留给了长女苏珊娜,希望这些财产代代相传。为了确保这一意图的实现,他指定苏珊娜和她的丈夫约翰·霍尔医生为遗嘱执行人。显然,大女儿夫

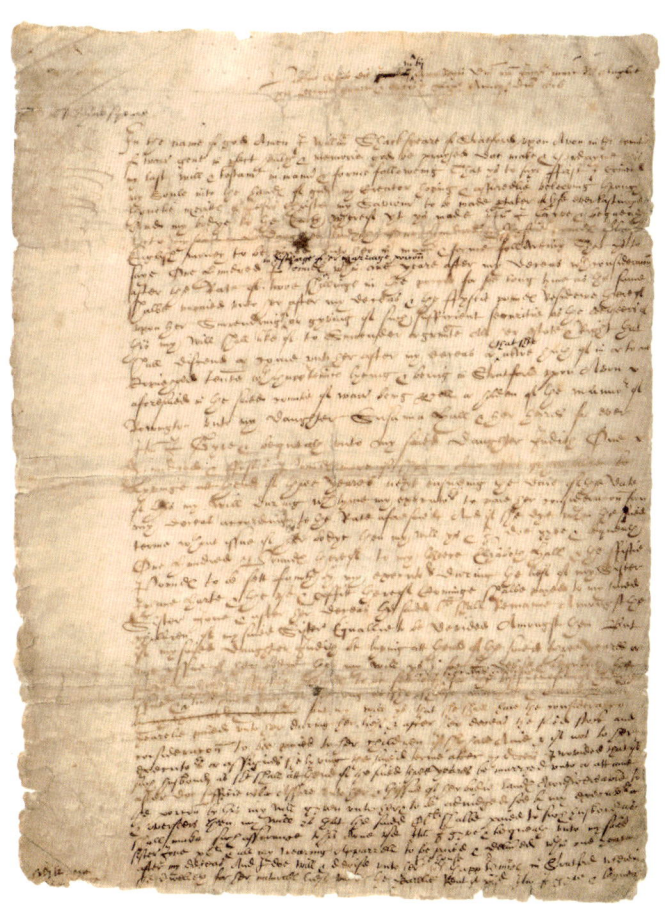

莎士比亚的遗嘱,第一页。

妇是他最信任和关爱的人。

　　他留给小女儿朱迪斯"一只银质镀金大碗"和300英镑，但附有一系列复杂的条件和制约，据说是因为朱迪斯嫁的人令莎士比亚失望——比她年龄小，还让别的女人怀了孕。他给自己的妹妹、朋友、同事都留了财物，甚至连每一份遗赠的用途都详细列明。

　　关于莎士比亚染病去世的原因，有一种说法流传最广：1616年3月的一天，莎士比亚以愉悦的心情在家接待了老朋友德雷顿和本·琼生。本·琼生带来一个不幸的消息，他们的熟人、年仅37岁的波蒙特突然去世了。这引起莎士比亚对人生易逝的感慨，不由得多

◆　在莎士比亚生活的那个时代，他的声誉并不像我们今天想象的那么高，从现有的史料来看，比莎士比亚晚八年出生的本·琼生就比他更有名望。

→ 莎士比亚在立下遗嘱后，又为自己写了四行诗，刻在墓碑上：朋友，请看在耶稣面上，千万莫动这坟中的微尘。护我碑石者必大富大贵，动我尸骨者必大祸临身。

→ 莎士比亚于1616年4月23日去世，享年52岁。他去世两天后被葬在斯特拉特福镇的圣三一教堂里。

喝了几杯，不料竟因此得了热病。

莎士比亚在遗嘱定稿时加了一条，就是给已经60岁的妻子安妮留了"次好的床及其配附物"。他给斯特拉福镇的好友及当地的穷人都留下了多少不一的遗赠，对他的妻子安妮却只留下一张"次好的床"。这张"次好的床"，让后来的莎学专家争吵了几百年。

为莎士比亚辩解的人认为，作为妻子的安妮按当时的法律有权利获得先夫1/3的遗产，无须在遗嘱中申明。但相比同时代人遗嘱的通常写法，这种论点有些牵强。又有人提出，斯特拉福镇的风俗是把最好的床留给客人，"次好的床"才是夫妻所用，一般是女方的嫁妆，"配附物"也就是床上用品，可能非常值钱。还有人觉得是不是因为安妮年事已高，身体不好，又不识字，莎士比亚觉得她无力经营巨大的家业，把财产交给大女儿才是她生活的最好保障……

但这些为莎士比亚辩护的专家显然忽略了另一个事实，那就是莎士比亚在立下遗嘱后，又为自己写了四行诗，刻在墓碑上：

朋友，请看在耶稣面上，
千万莫动这坟中的微尘。
护我碑石者必大富大贵，
动我尸骨者必大祸临身。

1627年莎士比亚的遗孀安妮·哈瑟维去世，生前她提出希望与丈夫合葬一个墓穴。但莎士比亚的四行诗刻在墓碑上，法律不允许挖墓穴，她最终只能葬在丈夫墓的旁边。

↑ 莎士比亚去世3年以后，他的家属又在墓后的墙上为他建造了一座纪念像龛，上面有一尊表现他写作时的半身像，因为那时候他的妻子并没有去世，所以人们认为这座雕像比较属实。每到莎士比亚的诞辰之时，就会有人在这个雕像的右手放上一支新的鹅毛笔。

第十四章

评说由人 400 年

莎士比亚仙逝400年了，后世的人们如何评价他的作品呢？关于这一点，在21世纪的今天，人们有着惊人的共识和默契——《莎士比亚全集》，包括流传下来的37部戏剧（如果加上与弗莱彻合写的《两位贵亲》则是38部）、两首长诗及154首十四行诗，它们被许多学者誉为世界戏剧文学的瑰宝，是人类艺术难以企及的典范。与这样惊人的共识和默契形成强烈对比的是，400年来，关于《莎士比亚全集》的著作权的问题，即现在我们所阅读的莎士比亚的作品是否为这位名为"莎士比亚"的人士所著，一直争论不休，且有愈演愈烈的势头。纵观西方文明史，大概找不出第二个人像"莎士比亚"这般，忽而被追捧奉承，忽而被打倒否认，在众人毁誉不一的评说中历久弥新的事例，这不得不说是世界文学史上的奇迹，而有关"莎士比亚著作权"的故事，包含

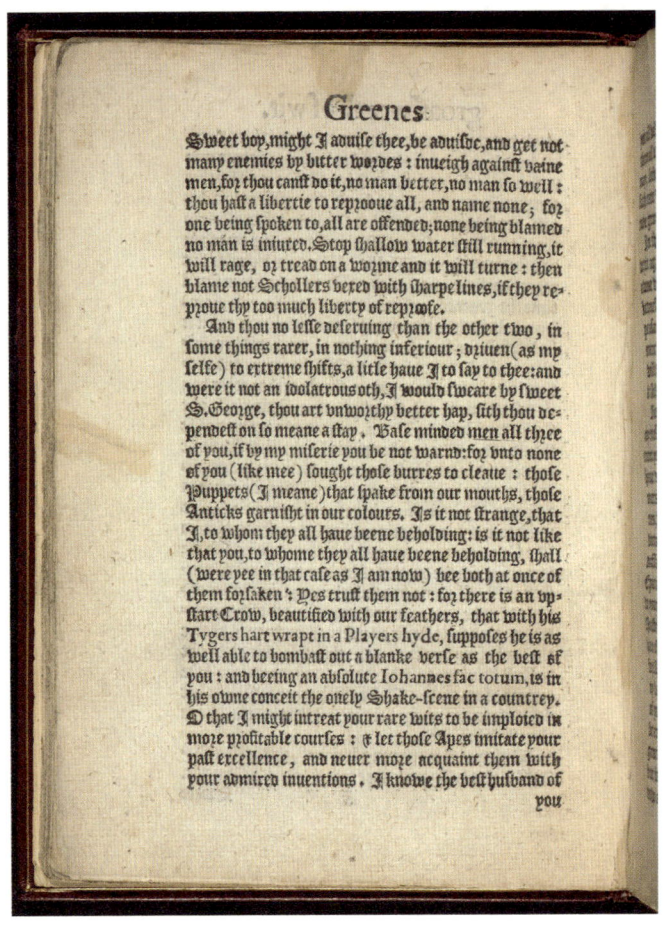

莎士比亚生活在英国历史上最灿烂辉煌的时代。同时代的剧作家罗伯特·格林在当时就指控莎士比亚剽窃，在他临死前出版的小册子《万千悔恨换一智》中影射莎士比亚是"一只平步青云的乌鸦，在他演员的外表下却藏着一颗虎狼之心"。在古典文学的寓言中，乌鸦是只贼鸟，专门偷窃别人的漂亮羽毛来装扮自己。而在文艺复兴时期的文学中，它则是公认的剽窃者象征。

着许多文学史上的奇闻逸事，给人乐趣无限。

这段故事要从罗伯特·格林说起。1592年，一位名叫罗伯特·格林的诗人兼剧作家在一本小册子上恶毒地攻击莎士比亚。说起来，莎士比亚之所以在当时就能蜚声文坛，最应该感谢的人，也正是这位罗伯特·格林。格林比莎士比亚年长6岁，魁梧奇拔，蓄着红髯，曾于1583年和1588年分获剑桥大学和牛津大学两校的硕士学位，称得上是一位饱学之士。和莎士比亚不同，他既写剧本、写诗歌、写小说、写杂文、写传奇，最拿手的是写一些散文小册子。他是莎士比亚无韵体诗浪漫喜剧的先行者，是英国早期的专业作家，是当时名震一时的大学才子，被公推为英国戏剧的奠基者之一。他属于那种自觉身怀绝技却又因境遇所迫无法申其大志的人，尝尽怀才不遇的悲苦。他虽与马洛、纳什、皮尔等大学才子为伍，但又不得不为生计所迫而朋比于伦敦流氓、诈骗犯、老鸨之流。他有点像中国古时的落魄文人，纵情于诗酒女色之间，时时有举杯长啸之壮怀，抚剑高吟世不我知的哀歌。在晚年间，他贫病交加困苦之状，不堪卒述。1592年9月2日夜，格林穷死在一个肮脏的旅馆里，全身爬满了虱子，临死之际还嚷着要喝一个铜子的葡萄酒。他死后无分文安葬费，由其女房东伊萨姆太太卖掉其紧身上衣、裤子和宝剑等也只得三先令，而其丧葬费却需要十先令四便士。

与此形成对比的，正是春风得意的莎士比亚。1592年似乎是他的命运转折点。他以历史剧三部曲《亨利六世》震动伦敦剧坛，一炮打响。莎士比亚于是平步青云，路人纷纷注目。从2月初到6月间，即伦敦剧院关门前的三个半月内，斯特兰奇勋爵戏班共演出了105天。在这个演出节的第一天，即2月19日，首场演的是罗伯特·格林的喜剧《僧人培根与僧人邦格》，剧场只坐满一半。后来又上演格林的悲剧《奥兰多·福里奥索》，票房收入亦很不理想。到了3月3日，莎士比亚的《亨利六世》上演了，立刻引起轰动，场场爆满，卖座收入达到整个季节的顶峰。据估计，观看此剧的观众多达一万人。格林感到愤怒了，他认为他的愤怒是有理由的。不论学识、才华、资历，他觉得都远在莎士比亚之上。如今自己穷愁潦倒，正要靠剧本的成功来捞到一些活命钱，却不料斜刺里飞出一只"乌鸦"，抢起自己的饭碗来。性命攸关，不容他不怒从心上起。而最难容忍的，是他认为莎士比亚的创作来路不正，不过是抄袭他自己及马洛、纳什、皮尔等的剧作，略加改编修饰而已。他以为莎士比亚不过仗着自己就是演员，与剧院近水楼台，遂得天时、地利、人和之便，马到成功。格林本来是个生性狂放、天不怕地不怕的人物，如今命在旦夕，想着自己走投无路之境似和这位莎姓演员大有干系，如何肯咽得下那口不平之气。他在一怒之下写下了那篇惹下400年争端的公开信。据信，格林以含沙射影的方式对莎士比亚开了杀戒，称之为有"虎狼之心"的"乌鸦"，损人肥己的暴发户。格林的攻击之作是他死后才出版的。他死后18天，出版商亨利·切托发表了他的小册子《万千悔恨换一智》，在小册子中，他以忠告其好友马洛、纳什、皮尔的口气，恳请他们留心莎士比亚这个人：

那些傀儡人物（我是说），那些通过我们的嘴说话的家伙，那些用我们的衣饰装扮起来的小丑，他们这一伙人全都沾过我的光，也全都沾过你们的光，现在我们（如果你们也像我现在一样身处困境的话）却都被他们抛弃，这不是太背常情了吗？是的，别信任他们：因为他们之中有一只平步青云的乌鸦，它用我们的羽毛把自己美化起来，在他那演员的外表下却藏着一颗虎狼之心。他自以为他也能像你们中的佼佼者一样来上一手无韵体，因为他是一位万事通，自度普天之下，唯他自己称得个"擅场"人物（按：原文Shake-scene，莎场，影射莎氏）。啊，但愿他们将自己的稀世奇才用于更能获利的处所：姑且让这些猿猴们模仿你们过去的杰作吧，但从今以后不要向他们出示你们那些令人绝倒的佳篇。我知道他们中守信的人也绝不会成为一个放债取息者，而他们中最最善良的人也绝不会成为一个善良的奶娘。只要他们一有可能，就不妨另投良主。因为，说起来有些可怜，才华横溢如诸公辈竟不得不耐着性儿听命于这一帮粗野的马夫们的摆布。

格林先生骂口一开，为自己惹下大祸。对于后世的拥护莎士比亚的人而言，对莎士比亚有微词者，均属大逆不道，他就这样被莎士比亚的拥护者骂了四个世纪。没有多少人会认真研究他的文学成就，人们只会记得他是那个因嫉生恨、恶毒攻击天才莎士比亚的刻薄小人。越是有人觉得是莎翁伤痕的地方，越有人觉得那正是莎翁的光彩照人处。拥莎派们认为，格林的攻击恰恰说明，莎士比亚在伦敦剧坛上的地位已如日中天。对于倒莎派来说，格林的这封信在莎评史上的意义就在于它首次提出了莎学研究中的莎士比亚著作权问题。想不到莎评史上第一篇莎评文章提出的问题是怀疑莎士比亚作品著作权的问题，而这个问题在今日西方闹得翻江倒海。

格林这封公开信，无非是暗示莎士比亚是一个剽窃者，说他像头"猿猴"拙劣地模仿同时代人的作品，用别人的羽毛装饰自己。当然，格林的这些说法不可全信，亦不可全不信。现存的据说是莎士比亚所著的37个剧本，至少有36个剧本是有祖本或较确切的来源。只有《温莎的风流娘儿们》一剧似乎具有相对强些的现实独创性。这个事实本身就已经使莎作系剽窃说得到些旁证依据。据后世的莎评家考证，莎士比亚的确利用过格林的作品，或者与格林同写过剧本，例如《亨利六世》就是在格林的同名剧本基础上改写成的，或者说格林是此剧的合作者。此外，后来的《错误的喜剧》《维洛那二绅士》等几个早期莎剧，据考证都与格林的创作相关。《冬天的故事》的主要情节则确实来自格林的《潘朵斯托》。《特罗伊罗斯与克瑞西达》的许多情节也都可以在格林的《尤菲绮斯》中找到的原型。由此可以推论，莎士比亚早期在剧院工作，曾改编旧剧本。格林这位文豪的剧本很有可能落到莎士比亚手中，并留下莎士比亚的斧削之

→ 《冬天的故事》，第4幕第3场，在波希米亚，波利克塞尼斯和卡米洛发现年轻的王子弗洛里扎尔迷上了牧羊女。他们伪装出席了剪羊毛节，确认了弗洛里扎尔计划娶牧羊人美丽的女儿珀迪塔（她对自己的皇室血统一无所知）。

痕。莎士比亚大约做这类工作做得多了，他自己又处身剧院，耳濡目染，对何种剧本、何种情节、何种语言风格更适合观众的口味自然有相当的了解，而正是在这一点上，格林只好败北。但是格林要吃饭，大约眼看着自己卖给剧院的剧本经过修整后变成别人的，并眼看别人由此赚了大钱，而自己却躺在床上一身浮肿，唯有等死的份儿，自然怒不可遏，临死前写下了这封挑战书。曾子曰："鸟之将死，其鸣也哀；人之将死，其言也善。"格林这封信却显得杀气腾腾，但若真出自他的笔下，想必是死到临头无可奈何之哀鸣。后世人本不应太苛责他，只想想他那一副气息奄奄的样子想必就可以谅解他了。

莎士比亚不可能不知道格林这封信，为什么他一声不吭？拥莎派们认为莎士比亚胸襟阔大，没把格林的嘲骂放在眼里。这种解释是不是站得住脚，读者们仁者见仁，智者见智。不论怎样，对于莎士比亚为何如此不卑不亢，骂不还口，后世的莎评家们着实摸不着头脑。

关于莎士比亚与格林之间的纠葛，有一个更合理的推断：剧院里可能有一个由剧院自己组织的剧本改编组，莎士比亚则是其中的佼佼者。伊丽莎白时期，剧院一般会买下剧作者编写成的剧本，买了之后，剧本就是属于剧院的财产，可以增删润色、随意窜改，不像今天有什么条分缕析的版权法或著作权法，对别人的作品不能擅自改动。在当时的英国，那些拿自己的产品卖给剧院的剧作家只能被剧院宰割，而剧院付给他们的报酬往往十分低廉。所以格林在某种程度上，可能确实是一个受害者。这样看来，格林这封信在莎评史上的确意义非常重大，莎学家们远远未将其

◆ 亨利·切托尔（约1560—1606）不仅对罗伯特·格林的作品了如指掌，而且是文坛的圈内人士。1603年4月25日，《英格兰的丧服》诗集出版。在这部哀悼伊丽莎白的诗集中，亨利·切托尔写诗影射莎士比亚未有和其他诗人一起写应景诗文哀悼女王。

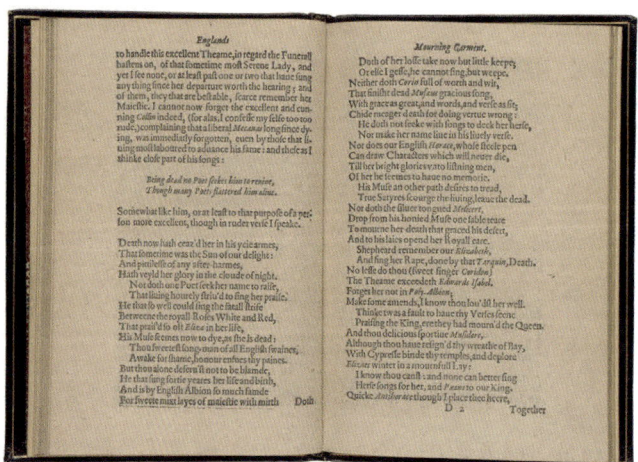

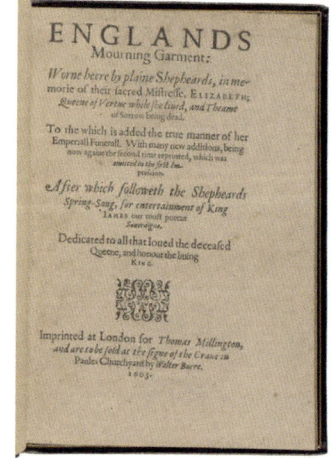

考察清楚。现行的流行说法多半认为这封信证明了莎士比亚已经是一位成功的诗人兼剧作家,其成功的程度已大到足以使大学才子发生忌妒,以及格林的心胸狭隘。格林信的重大意义主要在于反映了伊丽莎白时代剧作家对著作权的朦胧意识,启18世纪之后培根派之滥觞,在某种程度上揭示出伊丽莎白王朝时期王权势力向文艺界的渗透,提出了创作改编与借鉴的关系问题。

有趣的是,出版商亨利·切托尔于格林死后18天,即1592年9月20日,出版了他的公开信,又于3个月之后,在《好心人之梦》一书中借《致可敬的读者》一信向莎士比亚致歉。大多数人相信那是真心道歉,并竞相引用"切托尔"信中的"honesty"一词作为莎士比亚诚实的证明。然而细读此信,不免会有欲盖弥彰的感觉。切托尔的措辞颇多双关语,又吞吞吐吐,表面上在那里点头哈腰表示歉意,实际不过是唯恐世人不知莎士比亚是剽窃犯一事。

切托尔是个心机颇深之人。十年之后,他在一首悼念伊丽莎白女王的诗中,再次影射莎士比亚:

那位有银铃般的歌喉的诗人,
也不曾让他那甜蜜的缪斯流下一滴黑色的泪水。
去悼念女王那曾赐予他美德的亡魂,
来启开女王的双耳倾听他的哀音。
牧人,记住我们的伊丽莎白吧!

死亡像塔昆一样玷辱了她,请为她唱出悼歌吧。

1603年伊丽莎白女王驾崩后,英国的不少骚人雅士都把这看成是可以趁机大呈文才的时刻,唯独莎士比亚一声不吭。而偏偏切托尔盯上了莎士比亚,并提醒国人注意莎士比亚至今尚默不作声,这究竟是何用意,颇值得深思。经考据,莎士比亚对晚年的伊丽莎白女王恐怕并无大敬意。原因有二:第一,伊丽莎白女王晚年时恣意专横,生恐别人篡夺王位,对凡有影射其王朝统治的文人打击十分残酷,动辄关进伦敦塔,或干脆处以绞刑。这激怒了一批舞文弄墨的人,莎士比亚或许也是其中之一。第二,莎士比亚由于涉嫌伊丽莎白女王的宠臣埃塞克斯伯爵图谋推翻女王一案,曾遭到官方的拘留审查(后获释)。可以想象,伊丽莎白女王去世,莎士比亚欢喜还来不及,哪里想到大写什么悲悲切切虚情假意的悼诗悼词!别人或许不留意,但切托尔死盯住莎士比亚不放。那几句含沙射影的诗行意思很明显:你姓莎的若是女王的忠实臣民,为什么此时一声不吭,连悼诗也不写一首呢?亏你还自以为是举世罕见的大诗人呢。是啊,女王一死,你从前很可能干过的有损女王的勾当就可以一笔勾销了(Her death that graced his desert. desert一词既可以解为"功"亦可以解为"过",既可以解为"奖赏",亦可以解为"处罚"。切托尔拿手的双关语等于在莎士比亚头上敲了一棍。)。记住女王吧(别忘

↑ 1623年,即莎士比亚去世7年后编印的莎士比亚《第一对开本》题词中,琼生称他为"时代的灵魂",说他"非一代骚人,实属万古千秋"。在此之前,莎士比亚获得的好评并不多。

→ 《第一对开本》是现代学者为第一部威廉·莎士比亚剧本合集命名的名字,其实际名称为《威廉·莎士比亚先生的喜剧、历史剧和悲剧》。作品集以对开本形式印刷,包括莎士比亚36部作品,由莎士比亚在国王剧团的同事约翰·赫明斯和亨利·康德尔筹划出版。

恩负义了),她曾经使你得过不少好处呢!她有点像是被你的长诗《鲁克丽丝受辱记》中的玷辱鲁克丽丝的凶手塔昆强奸致死的——你莎士比亚说不定在她的死因上也有点说不清的地方呢!可能这些揣测是离题太远了,可是请想想,在女王驾崩,大家忙着治丧悼念之际,切托尔偏偏有兴致去清点写挽诗的人中少了什么角色,这背后藏着什么用意,不是很值得莎学家们深思吗?

对莎士比亚的赞美之声,最为有影响的评价来自"桂冠诗人"本·琼生。1623年,莎士比亚逝世后的第七年,他的生前好友赫明斯和康德尔首次把他的剧作编辑成集,即著名的莎士比亚《第一对开本》。著名的戏剧家本·琼生为这部最早的《莎士比亚戏剧集》作了题词。题词中本·琼生称誉莎士比亚是"时

● 伏尔泰(1694—1778),法国启蒙时代思想家、哲学家、文学家,启蒙运动公认的领袖和导师,被称为"法兰西思想之父"。伏尔泰一方面深深地被莎士比亚的艺术吸引,另一方面却又拼命地批评丑化他。

代的灵魂",说他"非一代骚人,实属万古千秋"。在莎士比亚生活的那个时期,本·琼生的声望要远远高于莎士比亚。因此,本·琼生对莎士比亚的评价的影响力之巨大超乎想象。需要说明的是,本·琼生对莎士比亚的评价并非完全是溢美之词。比如,他虽然承认莎士比亚的成就可以匹敌古希腊和拉丁语经典作家,但是由于没上过大学,莎士比亚"不太懂拉丁文,更不通希腊文"。这一句话在后世也争论颇多。他还嘲弄莎士比亚的《亨利六世》违背古典主义的"三一律"等。然而,本·琼生对莎士比亚的赞美远远超过了批评。他称莎士比亚"非一代骚人,实属万古千秋",既把莎士比亚的艺术成就提高到了一个至高无上的地位,又是对莎士比亚著作权的确认。

然而莎士比亚著作权的争议并没有因为本·琼生的溢美之词而一锤定音。17世纪,古典主义得势,莎士比亚身价日减。英国新古典主义时代重要的诗人、剧作家及批评家约翰·德莱登、塞缪尔·约翰逊博士以及法国文学批评家伏尔泰对莎士比亚的艺术成就有相当深的偏见。这其中,伏尔泰对莎士比亚的批评最为激烈,他有一段比较有趣的攻击莎士比亚的话:

……令人惊骇的是这个怪物在法国有一帮响应者,为这种灾难和恐怖推波助澜的人正是我——很久以前第一个提起这位莎士比亚的人。在他那偌大的粪堆里找到几颗瑰宝后拿给法国人看的第一个人也正是

我。未曾料到有朝一日我竟会促使国人把高乃依和拉辛的桂冠踩在脚下，为的是往一个野蛮的戏子脸上抹金。

在伏尔泰的这段话中，不难看出伏尔泰对莎士比亚的评价——"偌大的粪堆"。在他眼里，莎士比亚的戏剧只不过是一堆粪土。但令他大为光火的是，1776年，法国国王路易十六出面赞助了勒图尔纳的莎剧新译本。

欧洲文明史上的新古典主义时期是一个崇尚理性的时代，不认可文艺复兴时期人们对欲望的需求及对世界多样性的认可。在艺术创造的领域里，尤其是对戏剧艺术，新古典主义者们要求其符合"三一律"。"三一律"规定一部戏只能讲一个故事，这个故事发生在一天（一昼夜）之内，地点在一个场景，情节服从于一个主题，即要求戏剧创作在时间、地点和行动三者之间保持一致性。这么看来，古典主义者们不喜欢莎士比亚的戏剧也不足为奇，古典主义的条条框框岂能束缚得了莎士比亚的戏剧充沛的生命力！

英国古典主义者德莱登对莎士比亚的态度相对宽容得多，他说莎士比亚虽然"没什么文化"，但是"有一颗通天之心，能够了解一切人物和激情"。毕竟同为英国人，德莱登还算笔下留情。

17世纪，莎士比亚著作权的争议依然在延续。

格林可以称得上是倒莎派的祖宗，是400年莎士比亚著作权公案的肇事者。但是一般莎学家在论述倒莎

← 路易十六（1754—1793），法国国王，1793年在法国大革命中被处死。

派时，通常不提格林而是把爱德华·拉温斯克罗夫特看作是始作俑者，或者再晚些，把戈尔丁看作是第一个对莎士比亚著作权发难的人。

拉温斯克罗夫特本人也是一位剧作家。他的最受欢迎的剧本是《伦敦的戴绿头巾者》（1681）。该剧情节虽然极为滑稽，纯属闹剧，但观众趋之若鹜，竟连续70年成为剧院的保留节目，可谓剧坛奇观。他也常常把别人的剧本拿过来加以改编，以求另出新意。例如1680年他就改编过莎士比亚的《泰特斯·安德洛尼克斯》。改编后，标题略有不同，被改为《泰特斯·安德洛尼克斯亦名拉维妮娅受辱记》。他在该剧的前言中承认自己"部分地"利用过莎士比亚的同名剧本，但又补充说，莎士比亚的这个剧本也并非莎士比亚独出心裁的产物，而是另有来头。这可能要算是莎士比亚批评史上第一次有名有姓地指出莎士比亚作品非其所作的公开文字。现将其原文摘译如下：

我以为掠夺死者的荣誉比起掠夺生者的钱财来是一桩更为严重的盗窃罪。为了使自己不致有蒙受此种罪责之嫌，我想我有必要禀告诸位，在莎士比亚戏剧集中也有一个叫作《泰特斯·安德洛尼克斯》的剧本，而我部分地采用了它的内容。一位从前对剧院情况了如指掌的人告诉我，《泰特斯·安德洛尼克斯》本身最初也不是他（莎士比亚）写的，而是另一个剧作家送交他作演出用的剧本，而他也只是对其中的一两个主要角色或主要人物以生花妙笔略施点缀而已。关于这种说法，我很愿意相信，因为这个剧本是他的所有剧作里最欠妥当、最不成熟之作。它看起来与其说结构谨严，倒不如说是信笔涂鸦。

拉氏的这一段话为倒莎派提供了一个相当有分量的旁证材料，后世莎评家对此颇做过研究，尤其是保莎派莎评家对此抨击甚烈。但时至今日，还不敢说就有了定论。

1728年，一位署名戈尔丁的上尉发表了一本小册子《读书勿过多论》。戈尔丁在书中认为，莎士比亚不仅绝非学者、历史学家或文法学家，而且很可能根本就不能用英语写作：

我要来给你简述一下莎士比亚先生的具体做法，我是从一个与他过从甚密的熟人那里了解到这些做法的。他的作品之所以在某些方面有瑕疵，主要在于他并非饱学之士，这使得他不得不找一个笨头笨脑的历史通充当他的专门助手……一旦他在写作中需要什么东西时，这位历史通便给他找出有关材料，于是他便借助于自己横溢的天赋和机敏才智把那些材料照他的美妙的想法组织成种种形状和形式。而另一个人则使这些内容合于文法……

戈尔丁的说法与本·琼生在1623年版序言中所

说的话有相通处,即莎士比亚学问不高。戈尔丁本意似并不在贬低莎士比亚。恰恰相反,他赞扬莎士比亚有"横溢的天赋和机敏才智",而以"笨头笨脑"之类字眼摹状所谓的历史通,可见戈尔丁认为创作毕竟不同于学问,字里行间,对二者的扬抑明若观火。虽然如此,莎氏剧作的著作权毕竟有了问题,原署名莎士比亚的作品可能只是莎士比亚与他人合作的产物,而非莎士比亚独出机杼创作出来的。对于戈尔丁这段话,后世莎评家看法不一。有人认为戈尔丁的话或许

← 塞缪尔·约翰逊(1709—1784),英国历史上最有名的文人之一,集文评家、诗人、散文家、传记家于一身。前半生名声不显,经九年的奋斗,终于编成《英语大辞典》(1755),从此扬名。他于1728年进入牛津大学,但因贫困在1731年辍学,没能拿到学位。在《英语大辞典》发表以后,牛津大学给他颁发了荣誉博士学位。

只是在开玩笑,亦有人认为这只不过是18世纪初年反英雄行为的一种即兴操练之作。

塞缪尔·约翰逊是英国文学史上重要的诗人、散文家、传记家及文评家,第一部最大的英语词典(1755)的编纂者。他和本·琼生一样,也是当时文坛的一代盟主,对小说诗歌文学作品的评论,即使片言只语,也被当作屑金碎玉众口宣传。在约翰逊时代,文化氛围已向浪漫主义发展,人们已不再视"三一律"为神圣规则。因此,与德莱登、伏尔泰相比,他是更为宽容的新古典主义者。在拉温斯克罗夫特之后约80年(1765年),塞缪尔·约翰逊站在大捧派的角度发表了一些倒莎言论。约翰逊也是18世纪的莎学大家,不仅编辑过莎士比亚全集注本(1765),而且写过不少极出色、影响极深远的莎评文章。例如单是他为自己编注的莎士比亚全集所写的那篇序言(长达67页)就足以使他跻身世界莎评大家之列。有学者将之誉为莎评单篇长文中的最佳作品。

约翰逊对莎士比亚的态度与别的莎评家大为不同。他既看到莎士比亚的优点,也看到莎士比亚的缺点。不过,约翰逊认为莎士比亚的"缺点相当多,以至于埋没、压倒任何其他优点"。他一共总结出莎士比亚戏剧的缺点有12条之多,包括作品缺乏道德目的,故事情节过于松散,收场潦草,风俗背景上张冠李戴,喜剧人物粗俗、淫荡,悲剧描写往往流于"浮夸、臃肿、平凡、冗长而晦涩"等等。约翰逊并不完

克里斯托弗·马洛（1664—1593），英国诗人，剧作家，与莎士比亚同年出生，29岁时死于非命，留下了《帖木儿大帝》《浮士德博士的悲剧》《爱德华二世》等名作。在马洛如彗星闪耀时，莎士比亚才起步，在一定程度上，他还是马洛的学徒。当代英美文学界最重要的评论家哈罗德·布鲁姆说："如果莎士比亚也死在29岁，他将无法和马洛相提并论。"

全否认署名莎士比亚的大多数作品是莎士比亚所写，这一点与正统倒莎派不同。此外，他对莎士比亚的批评因为是在肯定的基础上所做的，所以极显客观，也极具打击力量。他的批评在很多方面击中了莎士比亚作品的真正缺陷，这就起到了某种倒莎效果，至少使某些倒莎论者找到了从另一角度贬低莎氏的真凭实据，无形中帮了正宗倒莎派的大忙。

莎士比亚的学识到底如何是个非常艰深的问题，讨论起来非常困难。首先，斯特拉福的莎士比亚只上过几年文法学校。其次，据好事者调查，学识如此渊博的人家中一本藏书也没有，多数家庭成员是文盲。这些事实和莎士比亚的文豪地位完全不相称，加之对莎士比亚赞誉有加的本·琼生也不讳言莎士比亚"不太懂拉丁文,更不通希腊文",以致后世倒莎派们认为,存世的莎士比亚诗歌和戏剧的作者另有其人,"莎士比亚"只是个幌子,绝非作者真名。至于他是谁,有许多假说,时至今日,共有包括大学者培根、剧作家马洛、第17代牛津伯爵德·维尔,甚至女王伊丽莎白一世在内的近80名"候选人"。

培根论滥觞于18世纪,是其中非常有影响力的论调。1769年,即戈尔丁那本小册子发表后的第41年,一本匿名小册子《常识生平与历险记》出版。虽然此

→ 爱德华·德·维尔,第17代牛津伯爵(1550—1604),伊丽莎白女王朝臣,编剧,抒情诗人,运动家,艺术资助者,有人认为他碍于门第出身不便公开创作戏剧,只好假托莎士比亚之名发表作品,并利用戏剧宣扬自己的政治观点。

书匿名出版,但后世莎评家多以为是赫尔伯特·劳伦斯所著。围绕这本小书还有一段逸事。1916年此书的一个秘藏本突然在纽约拍卖,价格高达1825美元。售价之所以昂贵,只在于其中有一段话开启后世莎评界的培根派理论:即培根很可能是现存莎士比亚著作的真正作者。书的内容取寓言形式。"常识"和它的父亲"智慧",以及他的同伴"天才"与"幽默"一起到伦敦去。他们在旅途终点又遇到了一个"异乡佬"。这个"异乡佬":

> 来自一家剧院。他年轻时是一个放荡之徒,据说偷过人家的鹿……他这家伙……一有机会……就劫掠他手边碰到的一切东西……在我父亲的行李中,有一本读书札记薄,札记薄中记录着无穷无尽种类繁多的方式和形式,它们可以表达人类心灵中所有千差万别的情绪;同时其中还有如何使这些方式和形式针对可能出现在戏剧创作中的每一个题材或场面而组合、联系起来的种种规则。这个异乡佬立刻对这本札记薄投去垂涎欲滴的目光……靠着上述这些材料,同时也靠他自己的好本事,他(异乡佬)开始当起剧作家来,他由此取得了多大的成功,我无须在此赘述,我只消告诉读者,他的名字叫莎士比亚。

寓言中提到的"偷人家的鹿"明显影射莎士比亚,而其中父亲的"读书札记薄"影射培根。培根

➡ 这是1798年出版的博伊德尔莎士比亚版画集的封面,莎士比亚坐在戏剧的缪斯女神和绘画女神之间,缪斯女神用七弦琴和月桂花环来赞美他。约西亚·博伊德尔(1752—1817)是英国出版商和画家,其主要成就是与叔叔约翰·博伊德尔建立了博伊德尔莎士比亚画廊。

也确有一本读书札记薄流传到今天。寓言的寓意很明显，莎士比亚的写作全仗培根提供的"方式""形式"和"规则"。不过，寓言似乎并未暗示培根和莎士比亚完全是一个人，只是强调了莎士比亚对培根的依赖。1786年，一位署名皇家海军军官的匿名作者发表了寓言《博学猪的故事》，寓言中"博学猪"即影射培根。因为"培根"（Bacon）的英文含义有"腌熏猪肉"的意思。该寓言中明确点明有五部属名为莎士比亚的剧本实为培根亲自写出。

19世纪一方面是莎士比亚声威达于极点的时代，另一方面又是倒莎论甚嚣尘上的时代。随着浪漫派莎评的兴起，莎士比亚名震五洲，被推为古往今来文坛上第一大豪杰、大英雄。也许正是走到极端的崇莎论引产出了结胎于17世纪、躁动于18世纪的倒莎论婴儿。19世纪倒莎论竟如火山爆发，且一发不可收拾。19世纪倒莎论一洗18世纪的朦胧感，矛头多直指莎士比亚，流派众多，其中培根论渐渐成为倒莎派主流。

1856年，一位美国女性德丽娅·索尔特·培根在《普特拉姆月刊》上发表文章，提出现存莎作并非莎士比亚所写，引起莎学界人瞩目。次年发表543页的专著《莎士比亚剧本哲学发微》，一炮打响，在莎评界引起轩然大波。当时，站在她背后的还有数位美国大文豪，如爱默生、马克·吐温、霍桑等。霍桑为之作序，吐温为之鼓吹。德丽娅专著的问世并非一帆风顺，出版家最初不愿接收。德丽娅找到霍桑，请他推荐出版，霍桑慨然应允，并在序文中称她是一位"引人注目的女性"。J.R.罗威尔则说德丽娅打开了一个永远不会收口的问题袋。霎时间，出版杂志一齐鼓噪，围绕莎士比亚著作权问题展开了一场大争论。当时的莎士比亚地位可谓岌岌可危，因为发表的文字只有少数支持他，绝大多数反对他。

德丽娅的基本观点是，伊丽莎白时代的一群思想家们在培根的指导下写出了那些剧本。目的在于以一

→ 德丽娅·索尔特·培根（1811—1859），美国戏剧和短篇小说作家，莎士比亚学者，她认为现存莎作并非莎士比亚所写，而是由弗朗西斯·培根、沃尔特·罗利爵士等人所写。

马克·吐温(1835—1910),美国作家、演说家,"马克·吐温"是他的笔名,原是密西西比河水手使用的表示在航道上所测水的深度的术语。

种寓言的形式支持培根主张的哲学立场。她虽未断言培根自己创作了署名莎士比亚的剧本,但认定培根是这个写作班子的天才主持人。她还认为那个班子很可能就是罗利派,具体参加写作者计有:罗利、布克赫斯特勋爵、帕格特勋爵及牛津伯爵。书出版后,德丽娅亲赴英格兰,试图为其理论找到证据。她认为莎士比亚的坟墓中很可能藏有揭开谜底的秘密。但德丽娅到了英格兰之后,开墓一事却不了了之。此后德丽娅突然精神失常，并被送进疯人院，两年后即去世。

然而德丽娅著作掀起的风波却有增无减。不到30年，学术界就冒出了250多本论述这个观点的著述。到了1886年，一批"培根派"学者甚至为此成立了"培根学会"。这个学会直到今天依然健在，每隔一段时间还会严肃地发行一本名叫《培根派论刊》的学术期刊。

培根派得到很多知名人士的支持。马克·吐温撰写过一本《莎士比亚死了吗？》。在这本书中，马克·吐温讲述了他与莎士比亚戏剧的缘分，同时认为这些戏剧的作者另有其人。他相信是培根创作了这些戏剧和诗歌。喜剧大师查理·卓别林也支持马克·吐温的观点。弗里德里希·尼采表达了对培根理论的兴趣，并在他的著作中对培根理论给予了信任。德国数学家乔治·康托尔也认为莎士比亚是培根，最终在1896年和1897年出版了两本支持该理论的小册子。到1900年，主要的培根论者们声称他们的事业很快就会获得胜利。1916年，芝加哥的一名法官在民事审判中裁定培根是莎士比亚经典的真正作者。

除了培根爵士，莎士比亚同时代的剧作家克里斯托弗·马洛也被认为是莎士比亚戏剧的真正作者，原因是有人从旧档案里找到了一张克里斯托弗·马洛的画像，看上去和莎士比亚的样子非常相像。两个人的写作手法也确实有诸多相似之处。但是众所周知，马洛早于莎士比亚去世前21年，就在一场酒吧斗殴中被刺死，而莎士比亚的戏剧大多创作于马洛去世之后。

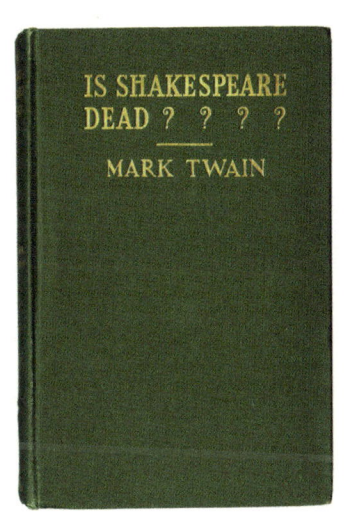

↑ 在《莎士比亚死了吗？》这本书中，马克·吐温讲到，他做水手时，其师傅是一位忠实的莎翁崇拜者，经常为马克·吐温朗读莎剧。因此，马克·吐温耳濡目染，对经典莎剧片段也就慢慢喜爱起来。后来，年岁逐增，马克·吐温开始怀疑莎翁的真实身份，他相信是培根创作了这些戏剧和诗歌。

因此，提出"马洛论"的学者，又提出另一假想的故事，即马洛当年并没有真的死掉，只因受迫害，逃离英国。此后他便以威廉·莎士比亚为笔名，不断将戏剧作品寄回英国，从而在英国发表并搬上舞台。

倒莎派中除了"培根论""马洛论"，还有"牛津派"。牛津伯爵爱德华·德·维尔比莎士比亚年长15岁，曾在牛津和剑桥大学求学，并去欧洲大部分地方旅行过，可谓知识渊博，见多识广。而莎士比亚最多只读过小学。据已知情况，莎士比亚没有去过家乡和伦敦以外的地方，并在40岁以后回到家乡。他从事过谷物和地产的生意，没有跟上层社会接触的机会。而莎剧中那些复杂的剧情以及对王室、宫廷、政治和外国的描写无不入木三分。这很难想象是由莎士比亚凭空想象出来的。此外，牛津伯爵的人生轨迹和哈姆莱特、李尔王等莎剧男主有诸多巧合之处。"牛津派"学者一直坚信莎剧是由牛津伯爵所写，因为剧情带有揭露和讽刺意味，所以伯爵便用"莎士比亚"充当掩护。"牛津派"为了研究莎士比亚作品的著作权问题，还专门成立了"莎士比亚同盟会"，这个组织直到今天仍然非常活跃。

倒莎派的各种理论从诞生之日直至21世纪，不仅没有消失，反而大有愈演愈烈之势。比如，2000年《莎士比亚密码》在美国出版，作者重复了培根论的观点，即莎士比亚全部作品的著作权都应归于弗兰西斯·培根。此外，作者还声称另有其他重要的发现。

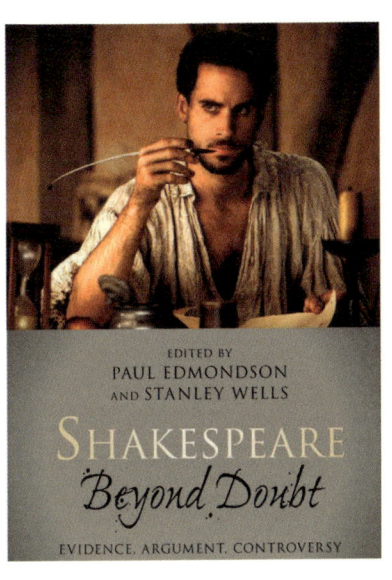

> 2013年4月,莎士比亚诞生449周年之际,英国剑桥大学出版社出版了一本论文集:《莎翁无疑:证据、论证、争议》,收录了21位莎士比亚学专家的论文,系统阐述了"莎翁作者身份毋庸置疑"的观点。

例如,培根的生母是伊丽莎白女王。1952年,"牛津派"有人指出,牛津公爵其实是伊丽莎白一世的男宠,2011年这个故事还被好莱坞拍成电影《匿名者》。

莎士比亚的身份和著作权问题甚至升温为法庭公案。1987年,美国最高法院接受此案并进行审理,牛津派败诉。第二年,伦敦的法院审理此案,牛津派依然败诉。后来牛津派给莎士比亚故居博物馆捐钱,要求公开辩论,被婉拒。2007年,"莎士比亚身世联盟"在互联网上发布了一张请愿书,征集知名人士的签名,掀起了网络签名活动,希望学术界认同"莎士比亚身份存疑"这个观点。

2013年4月,莎士比亚诞生449周年之际,英国剑桥大学出版社出版了一本论文集《莎翁无疑:证据、论证、争议》,收录了21位莎学专家的论文,系统阐述了正统莎学界莎翁作者身份毋庸置疑的观点。仅过了两个月,美国的卢米那出版社就迅速推出"莎士比亚作品作者身份质疑者联盟"编撰的论文集《莎翁无疑?——揭露一个自欺欺人的产业》作为回应,这本书直接针对《莎翁无疑:证据、论证、争议》一书,力图证明莎剧作者身份归属颇值得怀疑。在21世纪的今天,关于莎士比亚著作权的争议仍在继续。

不过,话说回来,不论拥莎派与倒莎派观点上有多少分歧,在某些方面却有着相同的认知——署名为莎士比亚著的作品博大精深,它的美学价值是不容置疑的。2016年，皇家版《莎士比亚全集》中译本在中国出版。围绕莎士比亚的著作权问题，主编辜正坤又重申了他三十多年前的推测，即认为现在署名"莎士比亚"的作品，很可能不只是莎士比亚一个人的成果，而是凝聚了当时英国若干戏剧创作精英的团体努力，这样一来，众多大作家的智慧浓缩在以"莎士比亚"为代号的作品中，其成就的伟大性自然就获得了解释。也许有些莎学爱好者担心一旦证明莎士比亚的著作另有其人，莎士比亚的著作便失去了价值，这样的想法完全没有必要。道理很简单，人们即使证明了《红楼梦》的作者不是曹雪芹，或《三国演义》的作者不是罗贯中，也丝毫不会影响这些作品的伟大价值。另外，搞清楚作者的身份不是为了否认莎士比亚戏剧的价值，恰恰相反，是为了更好地理解莎士比亚的戏剧和诗歌。无论怎样，莎士比亚的情况扑朔迷离，这桩千古疑案恐怕永远也不会有定论的。所以，作为普通读者，尤其是中国读者，我们不如接受莎士比亚《第一对开本》中《致读者》里的建议："还是读他的作品吧，一遍一遍地读。"

第十五章

莎士比亚作品理解与欣赏举例

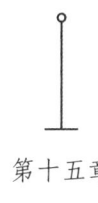全世界研究、赏析莎士比亚作品的文章数以万计，我们即使毕生研读，也难以终卷。限于篇幅，且为了尽可能深入浅出，这里只可能摘取一点评论片段，以见一斑。摘取什么内容呢？众所周知，莎士比亚的代表作是《哈姆莱特》，因此，单就这部作品引发的评论文章的标题索引就可以编撰成一本书。这些文章就哈姆莱特的思想主题、情节编织、人物塑造、语言艺术和社会背景等展开了广泛的论述。鉴于中国读者对前面的四个方面容易找到相关文章，但对于《哈姆莱特》所涉及的社会背景及其对理解剧情的作用通常不大了解。所以，这里专门选取了《人民政协报》采访辜正坤时就《哈姆莱特》与英国社会政治状况的关系时的采访记录片段，以飨读者。

如何理解与欣赏莎士比亚举例：《哈姆莱特》延宕之谜与英国社会政治状况的关系

辜正坤

我研究莎士比亚主要有三种门径。第一门径是在西方文化背景，尤其是在英国文化背景中来研究、赏析莎士比亚；第二门径是以中国文化为背景来研究、赏析莎士比亚；第三门径是通过翻译莎士比亚作品的过程来诠释、研究莎士比亚。这里主要谈谈从第一门径来欣赏、研究莎士比亚。这条门径是最通行的法门，即通过把莎士比亚作品回放到该作品产生的时代背景中去对作品进行分析、赏析。

把莎士比亚作品放到西方文化，尤其是当时的英国文化当中来进行赏析，我们应该从哪些因素入手呢？很多因素。例如政治、经济、伦理道德、审美、宗教等因素，当然还有语言、文字这些因素。但今天我主要侧重这些因素中的一个因素，即莎士比亚所处时代的英国社会状况与莎士比亚戏剧创作之间的关系。很多中国读者只能从翻译过来的莎士比亚著作文本了解莎士比亚，这当然也是一种方式，但还不够。如果我们能够对莎士比亚写剧本时他所处的社会状况有所了解，那么，对他的作品的把握就会有很大的不同。当然，这不是一般读者能够做到的，需要有专门的学者、专家们来做这样的事。在这方面，我写过博士论文,有一些体会,所以今天试图从这个角度简单地介绍一点自己的体会。

我想以具体的作品来展开这个观点。就以《哈姆莱特》为例吧。

《哈姆莱特》是莎士比亚的代表作,影响极其深远,里面充满了很多的谜。我讲其中的一个谜——哈姆莱特在复仇行动上犹豫不决、拖延,西方莎学家们把这个情况称之为"延宕难题"。我们现在就来解答这个延宕难题。

哈姆莱特延宕之谜首先是一位叫托马斯·汉麦尔的西方学者发现的。汉麦尔在1736年写过一篇文章,

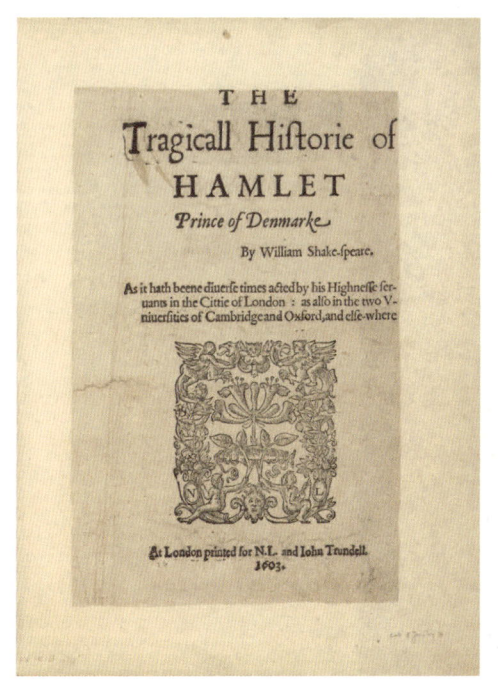

1603年出版的《哈姆莱特》,印有莎士比亚之名,即"第一版四开本"。

托马斯·汉麦尔爵士(1677—1746),1714年至1715年担任英国下议院议长,编辑过莎士比亚作品集。

说哈姆莱特这个人物有个很奇怪的延宕脾气。哈姆莱特的叔叔把哈姆莱特的父亲害死了，同时又娶了哈姆莱特的母亲，罪大恶极。哈姆莱特可以随意出入宫廷，明明有很多机会可以杀掉他的篡位叔叔，为父报仇，可为什么要犹豫、拖延？西方学者们为此疑惑了260多年。

← 御前大臣波洛涅斯献计，让母后叫王子到她私房谈话，自己躲在帷幕后边偷听；王子在谈话中发现幕后有人，以为是奸王，便一剑把他刺死。（《哈姆莱特》，第3幕第4场）

→ 哈姆莱特发现自己误杀了波洛涅斯。(《哈姆莱特》,第3幕第4场)

→ 波洛涅斯问正在读书的哈姆莱特所读何书,哈姆莱特道:"字,字,字。"(《哈姆莱特》,第2幕第2场)

许多学者尝试从不同层面阐明这个问题，说了许多道理。根据我的概括归纳，一共有20种道理。这些道理有没有道理？当然有道理，但可惜都不是全部的道理。各个道理持有者往往只认为自己说出的道理最有道理，从而排斥别的道理。我的看法是，这些道理都像盲人摸象一样，摸到了大象的很多部位。你要把所有部位综合起来才能得到全象，而恰好西方人不容易得到这个全象。为什么？一个原因是因为他们所研究的对象，有的与他们所处的时代背景距离太远，扑朔迷离；有的又太近，还不是局外者。所谓"当局者迷，旁观者清"，我们中国学者作为局外者，有时候能看到西方学者看不见的东西。因此，中国学者解决这些问题的时候，有时还可能有些得天独厚的条件。就是作为局外人，受西方文化本身的约束少，有时能够获得一种西方人没有的客观性。

解答哈姆莱特延宕之谜这个难题，千头万绪，从哪里开始呢？有很多种开始途径。我今天从一段非常有名的台词开始。这段台词先提到生存与死亡问题，表现出哈姆莱特当时的痛苦心境：

← 霍拉旭接哈姆莱特回国途中，路经墓地遇见挖坟人，哈姆莱特对死亡之骷髅有感而发，顿悟人生终而不过枯骨一堆。（《哈姆莱特》，第5幕第1场）

苟活，轻生？此问愁煞人。
莫道是苦海无涯，但操戈奋进，
终赢得一片清平；或默对逆运，
忍受它箭石交攻，敢问，
两番选择，何为上乘？

显然，哈姆莱特面对两个选择，一个是"默对逆运"，那就可能生，但只是一种苟且的生，即"苟活"；一个是"操戈奋进"，也就可能死，但也许可能死得高贵些。普通学者往往只是把这段台词理解成一个人生哲学问题。其实，这和哈姆莱特当时的处境有密切关系。他之所以犹豫不决，左右为难，举棋不定，是因为什么？这就要看这段台词最后的两行：

……诸多待举的宏图大业，竟因此
付之东流，失掉行动的名分。

注意这儿有个词，叫"宏图大业"。这是一般莎士比亚研究者容易忽略的。究竟什么是哈姆莱特的"宏图大业"？这个问题很关键。但是更关键的一个用语是"行动的名分"。这是理解哈姆莱特延宕问题的钥匙。其实，哈姆莱特所谓的"宏图大业"无非是想杀死其叔父，并夺取其王位。但是要干这样的宏图大业，需要名正言顺的理由，即"行动的名分"。这就像一个国家要征服另外一个国家，通常不会直截了当，而是先要为自己的行动找一个合理的说法，叫作"师出有名"。名分问题，事关重大，连孔子都说过，"名不正，则言不顺；言不顺，则事不成。"干什么事都得名正言顺，你理直了气才壮，做起事来才不会犹豫不决。而当时的哈姆莱特空怀"宏图大业"之心，他觉得要复仇，理由还不够充分，至少还没找到好的名义。哈姆莱特虽然相信他父亲就是叔叔杀死的，但是并没有可靠证据。他只能这样怀疑。虽然剧本特意为他安排了一个证据，就是鬼魂证据——按鬼魂的说法，他叔父确实杀死了他父王，但是鬼魂说的话只有哈姆莱特一个人听到。所以有西方学者说鬼魂提供的证据也有可能是哈姆莱特自己编造的，目的是什么？说得体面点，目的就是要找到到行动的名分；说得不体面，那就是要制造行动的借口。

问题又来啦，这个证据或借口的理由够不够充

→ 13世纪初萨克梭格玛提克斯著《丹麦史》，这书的卷三卷四便是《哈姆莱特》的故事，这个故事与莎士比亚所作的，微有出入，大致仿佛。

分？莎士比亚那个时代的人，是信鬼的，所以托鬼魂之名来设计证据，也会有很多人信。但这个证据是不够充分的，甚至连哈姆莱特自己也不很相信。他说过，万一这个鬼魂是冒充他父亲的鬼魂用谎言来骗取他的信任，让他去干坏事的呢？如果他贸然相信鬼魂的话去报仇，而复仇的依据是虚假的，那就会使他犯罪，下地狱。那么，哈姆莱特究竟还有没有其他什么证据呢？没有。你没有证据，又怎么有行动的名义？所以哈姆莱特要犹豫不决。这个犹豫不决就是困惑了西方学者200多年的哈姆莱特延宕问题。

在莎士比亚之前，其实早就另有称为《哈姆莱特》的剧本，莎学界通常称为"旧本《哈姆莱特》"（Ur-Hamlet）。哈姆莱特的人物原型来自《丹麦史》，名叫阿姆莱特（Amlet）。最初的情节很简单。阿姆莱特得知父亲被叔叔杀了，于是从外地赶回来。他的叔叔想害他，于是他就装疯（装疯的情节在《哈姆莱特》当中也有），终于把害他的人，包括他叔叔全部烧死了，顺利登上了王位。这个故事不存在行动的名分问题，也不存在延宕问题。但莎士比亚写的《哈姆莱特》就很不一样了。这个人物与原型人物不论在年龄、学养、经历、习惯、衣着、思想方面，都有很多差别。关于这些差别我都做过分析比较，此不赘言。我这里只提莎士比亚的哈姆莱特在行动上增加了令人注目的延宕问题，这是莎学界的一个经典难题。

如何解决这个经典难题？我的办法是从两大方面

去找答案。一个是从文本内找答案，就是从剧本本身的台词、情节、人物形象等方面去找原因。例如有的学者说，哈姆莱特的延宕和他的个性相关。哈姆莱特的性格本来就是这样，做事都是拖拖拉拉的，所以报仇大事上也是如此。另外一些学者说，延宕问题其实是道德问题引起的。哈姆莱特报仇的对象是他叔父，又是他的继父，还是国王，哈姆莱特如果杀死他，可能犯双重重罪：弑君罪、弑父罪。还有学者说，哈姆莱特自己都觉得证据不确凿，自己都对鬼魂的说法存疑，他当然要延宕了。我们还可以指出，由于戏剧结构本身的需要，报仇需要在最后一幕，即第5幕才能实现，当然必须延宕了。这是个复仇剧，如果第1场就把仇报了，后边演什么？诸如此类的答案，我一共概括了20个，包括我自己增添的答案。这些答案都能够在一定程度上回答延宕问题。但是单个的回答都不够圆满、周全。所以我们必须把所有的答案汇总起来，构成一个哈姆莱特延宕原因系统，从中找出哪些答案可以称得上是主根原因，哪些原因可以称得上近根原因，哪些原因只是远根原因。所以我的博士论文又叫《哈姆莱特延宕原因系统论》。这个陈述很复杂，不在这里讨论了。

可是以上的讨论还主要是立足于文本本身来找哈姆莱特延宕的原因。无论显得多么周全，其实仍然是有局限性的。我的研究告诉我，掩盖在延宕问题的背后，其实还有更重要的文本外的原因。例如，作者莎士比亚觉得自己首先是个诗人，之后才是戏剧家。因为诗在当时是正宗的文学体裁，而剧本则是次一等的文学体裁。莎士比亚有了编写剧本的机会，就难免想利用这个机会显示自己的诗才。于是一些台词被刻意诗化并越写越多，越写越长，剧中人物哈姆莱特也只好让莎士比亚把自己的诗兴发够了才敢大胆行动，这样一来，延宕也就变得势所必然了。不过，这个原因恐怕还不是关键原因。最关键的文本外原因，我认为是当时西方社会，尤其是英国社会本身显示出的政治、意识形态。

这个文本外原因，这个政治意识形态的影响问题，就把我一开始就提到的研究、赏析莎士比亚的第一法门，即在西方文化背景中研究、赏析莎士比亚这个观点联系起来了。我们绕了一个大弯子才回到这个观点。不要误以为绕弯子就不好，其实绕弯子过程本身就是在研究、赏析莎士比亚，因为有些问题非绕弯子不足以说清楚要害。

把莎士比亚的作品回放到莎士比亚所处的时代来进行研究赏析，这是大家都知道的流行的研究方式，不是我的创见。但是如何回放、如何进行具体的研究并且得出有说服性的结论，却是一件很困难的事情。

我是怎么把这个问题回放到莎士比亚时代所处的政治背景下来阐释哈姆莱特延宕问题的呢？我这里只是提请大家注意莎士比亚与下述三个人之间的关系：莎士比亚→南安普顿伯爵→埃塞克斯伯爵→伊丽莎白

→ 莎士比亚像，1876年，铜版藏书票，查尔斯·威廉·舍伯恩作。这幅肖像画取材于埃文河畔斯特拉福的圣三一教堂里著名的雕像，画中莎士比亚穿着短上衣，翼形领，留着山羊胡。头部后面有桂冠编成的花环。画面上的头骨、都铎王朝时期的玫瑰，以及标有"喜剧、悲剧、诗歌"的字样等都有重要的象征意义。画像下方文字称莎士比亚为"诗人、哲学家和演员"。

↑ 位于纽约中央公园广场大诗人之路上的莎士比亚雕像。剧作家莎士比亚穿着伊丽莎白王朝的服饰，左手叉腰，右手揽书，沉思着俯视众生。

↑ 亨利·里奥谢思利（1545—1624），英国贵族南安普顿伯爵三世，以作家特别是莎士比亚的保护人而著称。1601年因参加埃塞克斯伯爵反对伊丽莎白女王的事件被判终身监禁。詹姆斯一世继位后获释。

→ 第二代埃塞克斯伯爵（1567—1601），英格兰军人和廷臣。年少时即为伊丽莎白一世的宠臣，当时女王五十三岁，埃塞克斯十九岁。1591—1592年指挥在法国的英格兰军队，协助亨利四世对天主教徒作战。1596年他率领军队洗劫西班牙加的斯港。1599年任英王驻爱尔兰代表。他被爱尔兰叛乱分子打败，屈膝言和。1600年被伊丽莎白撤销了一切职务。1601年2月，伯爵率领党羽进入伦敦城，指望引起叛乱，但很快被捕，以叛国罪斩首，时年34岁。

女王。

　　莎士比亚的保护人和恩人是南安普顿伯爵，没有南安普顿伯爵，莎士比亚所在的整个剧团和莎士比亚本人将很难有好日子过。反过来说，充当保护人和

⬅ 伊丽莎白一世是都铎王朝第五位也是最后一位君主。她终生未婚，因此有"童贞女王"之称。

恩人的南安普顿伯爵对莎士比亚剧团或做编剧的莎士比亚，是有很大影响力的。莎士比亚把两首长诗《维纳斯与阿多尼斯》和《鲁克丽丝受辱记》都献给了南安普顿伯爵，更表明南安普顿伯爵作为莎士比亚及其剧团的衣食父母般的重要性。而南安普顿伯爵又和当时英国宫廷的一个更重要的政治家埃塞克斯伯爵有极为亲密的关系。在一定的意义上，南安普顿伯爵是埃塞克斯伯爵的心腹、高参。为什么南安普顿伯爵这么愿意跟从埃塞克斯伯爵并为他鞍前马后地操劳呢？因为埃塞克斯伯爵是伊丽莎白女王的情人,当时英国上上下下的人都认为埃塞克斯伯爵有可能很快和伊丽莎白女王结婚,并与女王分享半壁江山。显然,南安普顿伯爵是冲着日后能够在宫廷得到高位而和埃塞克斯伯爵结成联盟的。因此,南安普顿伯爵利用种种舆论工具,包括利用莎士比亚剧团等为将来的准国王埃塞克斯伯爵鸣锣开道,都是理所当然的事情。而且,有若干证据表明,莎士比亚确实在剧本(例如《亨利五世》)中干过这种吹捧埃塞克斯伯爵的事情。可惜埃塞克斯伯爵并非是一个如奥菲丽娅赞颂过的哈姆莱特那样具有"廷臣利目、学者利口、武士利刀"的英雄,即使许多人确实把他奉为哈姆莱特式的"大好邦国的期望和花朵,行动的典范,举世风尚的鉴照"。其实,埃塞克斯伯爵是一个放荡不羁的、临事缺乏刚毅果断精神的人。他最明显的缺陷就是犹豫不决,做事拖拉延宕。他与女王相处久了,慢慢不把女王放在眼里。在宫廷会议上居然因为和女王意见不合而拔剑相逼。伊丽莎白女王是一个智商颇高的人,知道这个年轻伯爵成事不足、败事有余,逐渐与之疏远,甚至有除却此人之心。这个志大才疏的年轻伯爵被女王派往爱尔兰平叛,结果一败涂地,私自与叛军媾和,并抛弃自己的部队只身回到伦敦宫廷,想直接觐见女王以获得她的赦免。更糟糕的是,埃塞克斯伯爵擅闯王宫,径直进入女王梳妆室,无意间瞅见女王卸妆后老态龙钟的丑陋面目,这就使得女王更加憎恶他,必欲置之死地而后快了。于是埃塞克斯被女王软禁。其间，莎士比亚最大的保护人南安普顿伯爵加紧为埃塞克斯伯爵出谋划策，劝他起兵反抗伊丽莎白女王，埃塞克斯伯爵则更寄希望于伊丽莎白女王回心转意，显示出他独特的犹豫不决的性格特征。1601年，埃塞克斯虽然同意在该年2月7日起义，但在最后一刻钟还是犹豫不决，他是被他的同伙强推出门，呼喊反女王口号的。结果，埃塞克斯被女王于1601年2月15日砍头。杀了埃塞克斯伯爵之后，就该杀他的高参南安普顿伯爵了。但当时给南安普顿伯爵判的死刑没有立刻执行。他被关进了伦敦塔。至于他保护的剧团和莎士比亚，当然也遭到官府的拘押、盘讯。因为没有莎士比亚剧团直接参与叛乱的把柄，所以朝廷倒也没有特别为难他们，放他们回去了。然而，莎士比亚由此受到的精神冲击应该是巨大的。忠于其保护人的诗人兼剧作家莎士比亚也许觉得纪念自己衣食父母的办法就是用艺术形象缅怀这位恩人。但是直接的恩怨利害关系也许莎士比亚无法看出，埃塞克斯伯爵其实不值得他讴歌。客观来说，这位伯爵只不过是个任性的政治野心家而已，他不是任何先进集团或阶级的代表，他所谓的"宏图大业"也缺乏正义性，缺乏"行动的名义"，因此必然失败。但是，莎士比亚（也许还有若干埃塞克斯的同道）设法把这件事曲折地影射到戏剧创作当中去，是符合当时的情理的。《哈姆莱特》一剧确实是一个很好的艺术性影射载体。这个剧本被修修补补，巧妙地把若干影射性内容放到里面去，以文学作品的方式来陈述作者内心对当时社会的不满及对某个宫廷政客的评价。这也可以说是在变相地为埃塞克斯伯爵事件申诉和抗议。哈姆莱特这个人物形象与埃塞克斯伯爵颇多相似处，但也有颇多不同处。为了把哈姆莱特影射成埃塞克斯伯爵，当然就必须对剧本本身的情节编织和对许多细节的描写，诸如年龄、衣着、性情、声誉等加以修改，使之尽可能和现实当中的埃塞克斯伯爵具有相似性。埃塞克斯伯爵本身的延宕性格被特殊强调，曲折地表现出莎士比亚对这个青年政治家的批评，批评他优柔寡断，延宕拖拉，难成宏图大业。当然剧中也暗示其他一些关键原因，即无法推翻都铎王朝的关键原因之一是缺乏"行动的名义"。不是名正言顺的反叛难以得到英国老百姓的拥戴，其造反行动失败是必然的。

此外，伊丽莎白女王本身也是以延宕性格闻名的。一位西班牙特使谈到他对英国王朝的印象时，认为以伊丽莎白为首的英王朝上上下下都被一种犹豫不决、拖拉延宕的风气所弥漫。这从侧面说明，埃塞克斯的延宕也和女王的延宕有某种默契关系。因为上有所好，下必甚焉。女王本身的延宕性格在某种程度上传染了臣民，这是可以理解的。从这个意义上，我们可以说，哈姆莱特延宕问题实际上影射了当时英国社会以伊丽莎白为首的执政集团成员所代表的某种拖拉延宕风气，这可以说是特定时期的一种民族惰性。所以，戏剧人物形象哈姆莱特的延宕性格实际上代表了某种特定时期的英国民族习气。这就大大深化了我们对延宕问题的理解，从个性看到了某种共性。许多西方学者认为自己就具有哈姆莱特的延宕习气，也说明这种习气在特定阶层中的普遍性。令我惊讶的是，不但若干西方学者这样认为，就连若干中国学者也说过类似的话。20世纪80年代在我撰写博士论文时，曾向北大中文系著名学者袁行霈先生谈起哈姆莱特的延宕性格问题，结果袁先生说："其实我也是这种拖拉延宕的人，我一生中的许多事情都被这种延宕习气耽误了。不过，当时看来是耽误，后来看也未必。"袁先生的话使我很吃惊，这证明，哈姆莱特的延宕性格实际上也是人类中相当多一部分人的性格特征，具有某种普遍性。也许，这在一定程度上也证明莎士比亚所塑造的某些人物性格特征具有人性的普遍性吧。

我这里只是举了一个例证来证明欣赏理解莎士比亚的作品离不开当时英国社会本身状况。或者，换一种说法，如果我们在研究赏析莎士比亚作品时，能够将其回放到该作品产生的社会背景中去，无疑会获得更深刻、更高层次的思想收获和审美享受。

第十六章

莎士比亚作品精彩片段选录

辜正坤 译

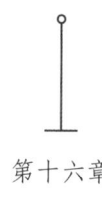士比亚首先是一个诗人。

在中国,莎士比亚是以剧作家知名,其次才是以诗人知名。但实际上在莎士比亚时代,真正的正统的文学形式是诗歌,戏剧作品那时还算不上正宗的文学作品。也许由于这个原因,莎士比亚生前署名的作品都是诗歌,比如他的两首长诗。因为这种形式在他的眼中,是正儿八经的文学创作。对于戏剧作品,莎士比亚似乎并不在乎署不署名。

莎士比亚的戏剧作品是诗剧而非话剧。

莎士比亚写了不少严格押韵的诗,例如全部十四行诗歌及他的两首长诗及他的戏剧作品中的一些诗行,都是按照严格的格律的押韵诗行。但他的戏剧作品中的所有剧文大概有百分之八十五以上也是用诗体形式写成的，只不过这种诗体有点特别，叫作素体诗（Blank Verse）。他的戏剧作品中的剧文也有纯粹的散文，但是比例很小，略占百分之十以上。

　　了解这一点很重要。我们由此知道，莎士比亚的剧本绝大部分都是诗剧而不是话剧。但是，由于朱生豪先生、梁实秋先生等最初将莎士比亚的戏剧作品翻译成了话剧形式，就使中国的绝大多数读者普遍误以为莎士比亚的作品都是话剧。为了纠正这种误解，8年前，外语教学与研究出版社邀请辜正坤主持莎士比亚作品的重译工作。辜正坤组织了一批专家，以当代最权威的皇家版《莎士比亚全集》为蓝本，重新翻译、出版了皇家版《莎士比亚全集》（英汉双语本，共39册，2016年版。）这不仅在中国外国文学界、中国翻译界是一件大事，在西方出版界，也是一件大事。英国BBC电视台在世界新闻节目曾对此加以报道。因为这个译本的出版，标志着中国的莎士比亚戏剧作品从散文形式升华到了诗的形式。当然，此前的朱生豪先生、梁实秋先生的散文译本是中国出现得最早或较早的莎士比亚全集汉译本，虽然由于诸多时代因素而将莎士比亚的诗剧改译成了散文话剧，但颇有开创之功，完成了系统地把莎士比亚作品的介绍到中国的历史使命，在今天仍有重大的参考价值。这是值得强调的。

什么是素体诗?

既然莎士比亚的戏剧作品是用素体诗形式写成，那么什么叫作素体诗呢？

按照罗柏特彭斯的说法："所谓素体诗，指音步很规则但不押韵的诗，其中的诗行几乎总是包含十个音节，每个音步都包含轻重两个音节。"素体诗虽然不押韵，但有三个特点我们必须明白：1）有非常明显的诗行排列形式；2）有音步规则；3）每个音节分为规则的轻重音。由于英语语言的特殊构成方式，押韵相对困难，所以，许多诗人渐渐趋向采用素体诗诗体。大约从16世纪起，这种素体诗成了英国诗歌中最通行最有影响的诗体。若按照某些学者的估计，英国诗歌中大约有四分之三的诗歌都是素体诗。

皇家版《莎士比亚全集》（英汉双语本）是目前中国最诗化的译本。

有一点还要强调，莎士比亚的素体诗不是自由诗，更不是白话散文，而是有相当严谨的格律形式的格律诗。在英国人眼中，素体诗虽未押韵，但由于其格律性强，讲究措辞，因此读起来仍然诗味浓郁。但中国人数千年来却习惯于认为只要是格律诗，就一定会押韵。凡是不押韵的诗最多只能称为自由诗。而莎士比亚的素体诗不是自由诗，也不可和自由诗混淆。

所以，我们若将莎士比亚剧文翻译成无韵诗，又不讲究音步格律等，就极容易和自由诗混淆。因此，有的先生虽然将莎士比亚剧文排列成了诗行形式，但仍然令人感到他们的译文是散文，顶多是自由诗。卞之琳先生认为他自己的译作就是这样。鉴于这种情况，皇家版《莎士比亚全集》（英汉双语本）的许多译本都是押韵的，这是迎合中国读者的习惯性诗歌审美观，借以强化莎士比亚戏剧作品的诗性特点。因此，可以说这套莎士比亚全集版本是目前中国最诗化也最贴近莎士比亚原作艺术风貌特点的译本。

● 莎士比亚《第一对开本》诞生于1623年，是世界上第一部莎士比亚戏剧集。2007年，英国皇家莎士比亚剧团推出的《莎士比亚全集》，是对莎士比亚第一对开本300多年来的首次全面修订。2016年，皇家版《莎士比亚全集》（英汉双语本）在中国出版。

莎士比亚商籁体[1]诗选

第12首

  当我细数时钟报时的声响，
  看可怖夜色吞噬白昼光芒；
  当我看到紫罗兰香消玉殒，
  黝黑的卷发渐渐披上银霜；
5 当我看见木叶脱尽的高树，
  曾帐篷般为牧群带来阴凉，
  一度青翠夏苗而今捆成束，
  束端露白硬须芒于灵车上。[2]，
  于是我不禁为你美色担忧，
10 你会迟早没入时间的荒凉，
  既然甘美的事物难免谢世，
  叹来者居上自己快速消亡，
  故万物难挡住时间的镰刀[3]，
  除非你谢世后留下了儿郎。

---

1 商籁体即英文 Sonnet 的音译。又译十四行诗。

2 灵车：原文为 bier（棺材架，停尸架）。这里用来比喻收割庄稼时用来运载收获物的小推车之类。"一度青翠"（指曾经青翠）的禾苗现在已经成熟，于是被时间的镰刀割倒（死亡）而被车子运走，就像是送葬时用灵车运送死者一样。"束端露白硬须芒"：指禾物（例如小麦之类）被捆打成束后，禾物一端的须芒（例如麦芒）露在外边。暗喻白胡须老人死后的胡须之类。（译者附注）

3 时间的镰刀：时间女神通常被描绘为手持镰刀、割下生命物。此喻与上面的收获情形呼应。

第17首

　　　　将来有谁会相信我这些歌唱，
　　　　如果你至高的美德溢满诗章？
　　　　尽管天知道这只是一座坟墓，
　　　　你命锁其中，难使德行张扬。
5　　　如果我能描摹你流盼的美目，
　　　　把你千娇百媚织入我的诗行，
　　　　未来时代会说"这诗人撒谎——
　　　　此类天工笔岂描摹尘世脸膛。"
　　　　于是我的诗稿带着岁月熏黄，
10　　 会像饶舌老头受到嘲弄一样。
　　　　你应得礼赞被看作诗人狂想，
　　　　或被看作古曲一样虚饰夸张：
　　　　但如果那时候你尚有子孙健在，
　　　　你就双倍活于他身和我的诗行。

第44首

　　　　若我这笨重肉体如轻灵思想，
　　　　则山重水复难挡我振翅高翔，
　　　　我将视天涯海角如咫尺之隔，
　　　　不远鸿途万里孤飞到你身旁。
5　　　此刻，我的双足所立的处所，
　　　　虽与你远隔千山，又有何妨，

　　　　我只要一想到你栖身的地方,
　　　　电疾般的思想便会穿洲过洋。
　　　　但可叹我并非是空灵的思绪,
10　　　能腾跃追随你行踪越岭跨江,
　　　　我只是水土塑成的凡胎肉体,
　　　　唯有用浩叹伺奉蹉跎的时光。
　　　　唉,无论土和水于我都毫无补益,
　　　　它们只标志哀愁,令我泪飞如雨。

第66首

　　　　难耐不平事,何如悄然去泉台!
　　　　休说是天才,偏生作乞丐;
　　　　人道是草包,偏把金银戴;
　　　　说什么信与义,眼见无人睬;
5　　　 道什么荣与辱,全是瞎安排。
　　　　少女童贞,可怜遭强暴,
　　　　堂堂正义,无端被掩埋;
　　　　跛腿权势反弄残了擂台汉;
　　　　墨客骚人官府门前口难开;
10　　　蠢驴儿偏挂指谜释惑博士招牌;
　　　　多少真真话错唤作愚鲁痴呆;
　　　　善恶易位,小人反受大人拜。
　　　　不平,难耐,索不如一死化纤埃,
　　　　待去也,又怎好让爱人独守空斋?

199

《罗密欧与朱丽叶选场》阳台告别

第3幕第5场　第14景

（罗密欧和朱丽叶自高处上）

朱丽叶　天未曙，罗密欧，何苦别意匆忙？
　　　　鸟音啼，声声亮，惊骇罗郎心房。
　　　　休听作破晓云雀歌，只是夜莺唱，
　　　　石榴树间，夜夜有它设歌场。
　　　　信我，罗郎，端的只是夜莺轻唱。　　5

罗密欧　不，是云雀报晓，不是莺歌，
　　　　看东方，无情朝阳，暗洒霞光，
　　　　流云万朵，镶嵌银带飘如浪。
　　　　星斗，如烛，恰似残灯剩微芒，
　　　　欢乐白昼，悄然驻步雾嶂群岗。　　10
　　　　奈何，我去也则生，留也必亡。

朱丽叶　听我言，天际微芒非破晓霞光，
　　　　只是金乌，吐射流星当空亮，
　　　　似明炬，今夜为郎，朗照边邦，
　　　　何愁它曼多亚路，漫远悠长。　　15
　　　　且稍待，正无须行色皇皇仓仓。

罗密欧　纵身陷人手，蒙斧钺加诛于刑场；
　　　　只要这勾留遂你愿，我欣然承当。
　　　　让我说，那天际灰蒙，非黎明醒眼，
　　　　乃月神眉宇，幽幽映现，淡淡辉光；　　20
　　　　那歌鸣亦非云雀之讴，哪怕它

> 罗密欧参加了朱丽叶父亲举办的化装舞会，与朱丽叶在舞会相遇，两人一见钟情。（《罗密欧与朱丽叶》，第1幕第5场）

嚣然振动于头上空溟，嘹亮高亢。
我巴不得栖身此地，永不他往。
来吧，死亡！倘朱丽叶愿遂此望。
如何，心肝？畅谈吧，趁夜色迷茫。　　25

朱丽叶　不是夜，天已亮；快走，快逃！
那鸣啼嚣嚷，正是云雀跑调高腔，
如此喧声，难听刺耳，扰我胸膛。
人道，云雀多美声，荡气回肠，
这只不一样，唯使我们天各一方。　　30
人道，云雀曾与丑蟾蜍交换双眼，
啊！我但愿它们也交换歌喉音腔，
那噪声迫你，松开我俩缠绵拥抱，
猎猎晨歌急，促你远赴白日边疆。
啊！现在快逃吧；天越来越亮。　　35

罗密欧　天越亮，你我幽愤愈益黢黑悲凉。

（奶妈上）

奶妈　小姐！

朱丽叶　奶妈？

奶妈　你母亲马上就要到你闺房。
天已大亮，小心，提防。　　40
（［下］）

朱丽叶　啊，窗，让白昼进场，让生命出场。

罗密欧　再会，再会！再吻一下，我就出窗。

朱丽叶　你就如此消失？夫君、朋友、情郎！
自今后我须每日每时，晓悉你状况，

→ 罗密欧与朱丽叶阳台告别。
（《罗密欧与朱丽叶》，第3幕第5场）

　　　　　时时刻刻、分分秒秒，似日月漫长。　　　45
　　　　　啊！照此计算，他年若逢罗郎日，
　　　　　我必是老态龙钟面沧桑。

罗密欧　再会！
　　　　　此一去我必寻机遇，百计千方，
　　　　　好时时托信问候，我的美娇娘。　　　50

朱丽叶　唉！我们是否还会有重逢时光？

罗密欧　当然会有；今日之凄苦万状，
　　　　　使将来重温旧情更觉甜美芬芳。

朱丽叶　啊上帝！我突觉心中预感不祥；
　　　　　你挺身于下，我望眼微张，　　　　　55
　　　　　似见你宛若亡尸在墓葬。是我
　　　　　眼花，还是你面容惨白失光芒？

罗密欧　爱啊，真的，你在我眼中也是这样；
　　　　　是离愁让我们血液枯荒。再会！再会！
　　　　　（下）

朱丽叶　命运啊命运！都道你反复无常；　　　60
　　　　　此话若当真，那么你将怎样
　　　　　对待忠贞情郎？但我愿你无常，
　　　　　这样，你就必会让他重归故土，
　　　　　而不会让他久滞异乡。

《哈姆莱特》经典独白

第3幕第1场

哈姆莱特　苟活,还是轻生?此问愁煞人。[1]
　　　　　莫道是苦海无涯,但操戈奋进,
　　　　　终赢得一片清平;或默对逆运,
　　　　　忍受它箭石交攻,敢问,
　　　　　两番选择,何为上乘?　　　　　5
　　　　　死灭,睡也,倘借得长眠
　　　　　可治心伤,愈千万肉身苦痛痕,
　　　　　则岂非美境、人所追寻?死,睡也,
　　　　　睡中或有梦魇生,唉,症结在此;
　　　　　倘能撒手这碌碌凡尘,长入死梦,　　10
　　　　　又谁知梦境何形?念及此忧,
　　　　　不由人踌躇难定:这满腹疑情
　　　　　竟使人苟延年命,忍对苦难平生。[2]
　　　　　假如借短刀一柄,即可解脱身心,
　　　　　谁甘愿受人世的鞭挞与讥评,　　　15
　　　　　强权者的威压,傲慢者的骄横,
　　　　　失恋的痛楚,法律的耽延,

---

[1] 此处亦可译作:"死灭?生存?这难题愁煞我心";"死,还是生?这难题是大疑问";或"干还是不干,真是个大疑问"或:"行,不行;死还是生?此问愁煞人。"

[2] 各家注本有别。詹金斯认为:由于有这样的考虑,漫长的生活本身便被看成是一种灾难。此处略偏向阿登版释义:这种顾虑使得灾难性的生活经历长久地绵延下去。

官吏的暴虐,甚或默受小人
对贤德者肆意拳脚加身?
谁又愿肩负这如许重担, 20
流汗、呻吟,疲于奔命,
倘非对死后的处境心存疑惧,
惧那未经发现的国土从古至今
无孤旅归来,意志的迷惘

← 哈姆莱特王子与掘墓人交谈,同时发现挖出来的一个骷髅头就是以前的一个宫廷小丑的头颅,由此引发对人生无常的感叹。(《哈姆莱特》,第5幕第1场)

→ 王后把儿子召到自己的寝室,责备他不该伤新王的心,哈姆莱特斥责了母亲的不贞,让母亲忏悔过失。(《哈姆莱特》,第3幕第4场)

使我辈宁愿忍受现世的忧闷,　　　25
而不敢飞身投向未知的苦境?
前瞻后顾使我们全成懦夫,
于是,本色天然的决断决行,
罩上了一层思想的惨淡余阴,
诸多待举的宏图大业,竟因此　　30
付之东流,失掉行动的名分。

哈姆莱特父亲的鬼魂示意哈姆莱特跟它到人少僻静的地方去有话要说。霍拉旭与宫廷警卫马西勒斯竭力劝阻哈姆莱特不要跟鬼魂去,生怕鬼魂是魔鬼变成了他父亲的样子来叫他去杀人。(《哈姆莱特》,第1幕第5场)

《哈姆莱特》奥菲利娅之死
第4幕第6场

王后　　小溪之旁，有一株杨柳横生，
　　　　明流似镜，照柳叶其色如银；
　　　　她溪边款步，身上有花环绮丽，
　　　　毛茛、荨麻、雏菊皆土长土生，
　　　　还有长颈兰，别有不雅之名　　　　5
　　　　来自放荡的牧人，贞洁的姑娘
　　　　却以"死人指"相称。岸柳，
　　　　悬枝，她想把花环挂上枝头；
　　　　攀缘的时候，那邪恶枝丫忽断，
　　　　她连人带花跌落进呜咽的溪流。　　10
　　　　四散的衣裙展现，有片刻光阴，
　　　　托住她宛如美人鱼在水面飘零；
　　　　她口吟古老的谣曲，片段，声声，
　　　　仿佛全然不觉自己身陷危境，
　　　　仿佛她原本就是水里长水里生。　　15
　　　　俄顷，浸了水的衣服渐渐沉重，
　　　　可怜的人儿，轻歌一曲未尽，
　　　　已葬身水下泥泞。

⬆ 奥菲利娅心神渐失,要入宫却被侍卫阻挡,因为王后不想见这半疯的女子,但在他人的劝告下让她进来,奥菲利娅进入后献花给众人与国王。(《哈姆莱特》,第4幕第5场)

⬅ 英国杰出的拉斐尔前派画家米莱斯(1829—1896)所创作的传世名画《奥菲利娅》,就是取材自莎士比亚著名悲剧《哈姆莱特》的经典之作,画中女孩那绝望的眼神,凄美的氛围,是对原剧本最好的描绘。这幅以"奥菲利娅之死"为题材的画作通过各种各样的植物花卉传达不同的寓意。画面左下角是乌鸦花,象征忘恩负义或孩子气;垂柳倚在奥菲利娅身上,象征着被遗弃的爱;柳树枝头的荨麻代表着痛苦;奥菲利娅右手边的雏菊象征着她的清纯与善良;漂浮在奥菲利娅脸颊和裙子上的粉红玫瑰,以及生长在河岸上的白色野玫瑰,象征着青春、爱情和美丽。漂浮在裙子中央的三色堇代表思念,也可以代表徒劳的爱;奥菲利娅脖子上戴的紫罗兰花环象征着忠诚,也象征着贞洁和死亡;奥菲利娅右手边蓝色的勿忘我,象征着她对哈姆莱特永恒的记忆。

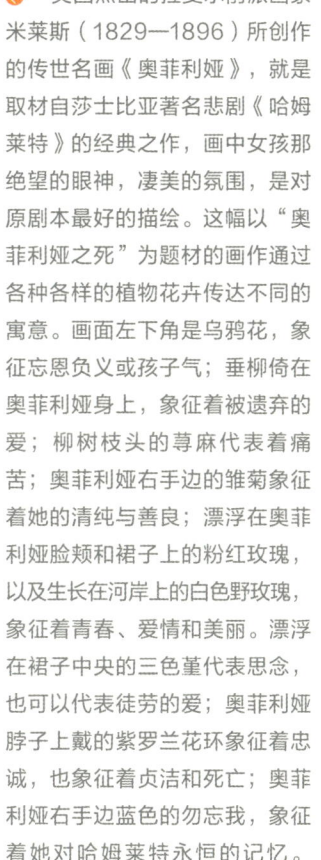

⬅ 第4幕第7场中,对奥菲利娅死状的描绘是爱伦坡眼中美丽女子之死的诗意的完美体现。

《麦克白》经典独白

第1幕第5场

麦克白　若做了便是了，则快了便是好。
　　　　若暗下毒手却能横超果报，
　　　　割人首级却赢得绝世功高，
　　　　则一击得手便大功告成，
　　　　千了百了，那么此际此宵，　　　　　　5
　　　　身处时间之海的沙滩、岸畔，
　　　　何管它来世风险逍遥。但这种事，
　　　　现世永远有裁判的公道：
　　　　教人杀戮之策者，必受杀戮之报；
　　　　给别人下毒者，自有公平正义之手　　10
　　　　让下毒者自食盘中毒肴。

麦克白　明朝，明朝，又一个明朝，
　　　　一天天，碎步前进，迢迢，
　　　　直奔向人世末路、最后呼召。
　　　　"昨日"无穷，尽为愚人长举照，　　　15
　　　　照见黄泉路，尘沙渺渺。
　　　　灭吧，灭吧，这短暂烛火飘摇！
　　　　生命不过是能动的影子，
　　　　是可怜的演员，在舞台上蹦跳，
　　　　转瞬便迹敛声销；是白痴的故事，　　20
　　　　意味寥寥，只充满愤怒与喧嚣。

← 麦克白取得战争的胜利，在归途中，与班柯在幽暗的荒原遇到了三个能预见未来的女巫。（《麦克白》，第1幕第3场）

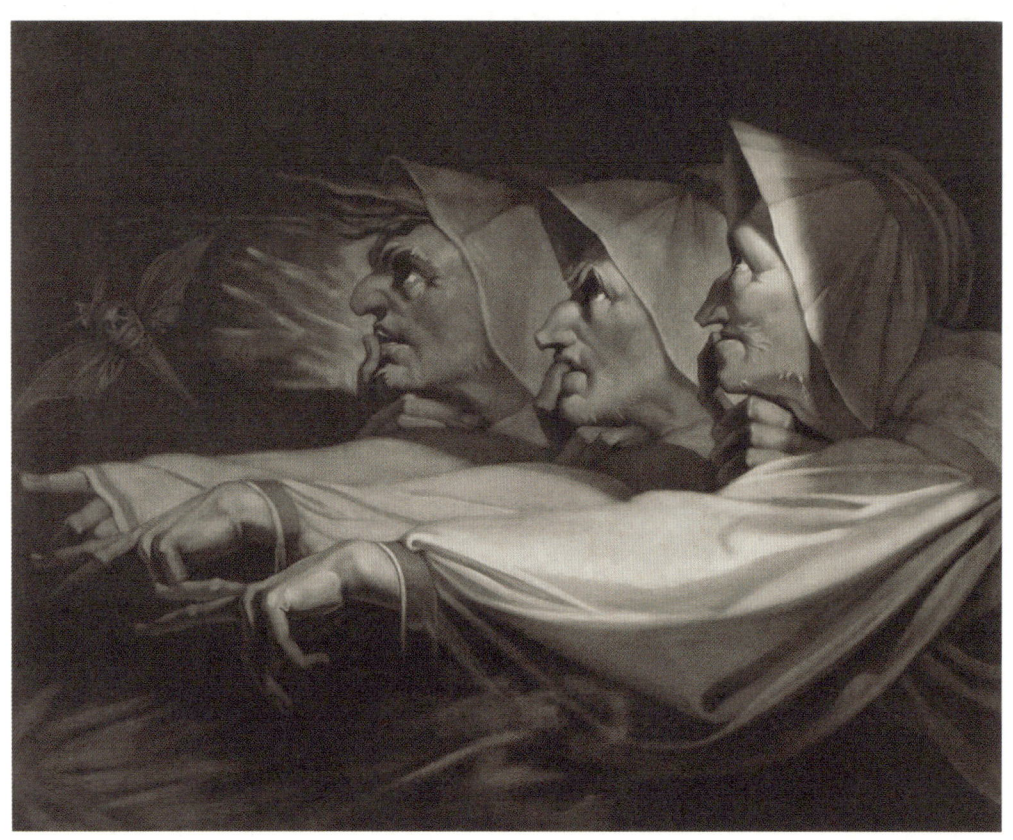

↑ 女巫在《麦克白》中是这样描写的：外形看上去似人非人，应该是女人，却长着胡子。(《麦克白》，第1幕第3场）

→ 在加冕后举行的宴会上，麦克白看到了班柯的鬼魂坐在原本属于他的座位上，不禁大惊失色，不由自主地吐露了许多本该秘而不宣的话，麦克白夫人在一旁急忙制止。(《麦克白》，第3幕第3场）

《威尼斯商人》情歌对话

第1幕第1场

罗兰佐　皎月临空，夜色如洗朦胧！
　　　　树惹甘风，轻吻丫枝吹送。
　　　　趁万籁俱寂，特洛伊罗斯[1]
　　　　登上特洛亚堞，希腊帐篷
　　　　一眼收，然克瑞西达何在？　　　　5
　　　　悲起心中，吐叹如虹。

杰西卡　同是明月清空，
　　　　瑟斯柏[2]踏露行欲与情人逢，
　　　　恰见狮影憧憧，胆寒心恐，
　　　　仓皇去，去也匆匆。　　　　10

罗兰佐　同是明月清空，
　　　　狄多女王，飘摇杨柳手中[3]，
　　　　对海阔波涌，要招回旧人，
　　　　迦太基城续旧梦。

杰西卡　同是明月清空，　　　　15

1　特洛伊罗斯：特洛伊城王子。他爱上希腊少女克瑞西达。但因为特洛伊战争二人被分开。后来克瑞西达背弃了特洛伊罗斯而爱上另外一位希腊将军。

2　瑟斯柏：古巴比伦少女。她去与情人幽会时，路遇狮子，惊恐之中，丢失披风而仓皇逃走。其情人发现路上披风，误以为她已被杀害。二人均自杀身亡。

3　狄多：古迦太基女王。她爱上了埃涅阿斯，后被遗弃。杨柳枝：象征失恋之悲。

美狄亚[1]采仙草，衰老埃宋，
竟借灵威复还童。

罗兰佐　同是明月清空，
杰西卡逃离了老爸犹太翁，
跟一个败家子似的风流种，　　20
从威尼斯直奔到贝尔蒙。

杰西卡　同是明月清空，
罗兰佐私下与我海誓山盟，
蜜语瀑飞，甜得我灵魂痛，
可惜句句假大空。　　　　　25

罗兰佐　同是明月清空，
杰西卡小泼妇谤我实难容，
唉，饶她吧，任她凶。

1　美狄亚：伊阿宋的恋人。他曾帮助伊阿宋获取金羊毛，并帮助他的父亲埃宋恢复健康，返老还童。

← 《莎士比亚的杰西卡》,萨缪尔·卢克·菲尔德斯爵士(1843—1927),1888年作。

↑ 《夏洛克和杰西卡》,吉尔伯特·斯图尔特·牛顿(1794—1835),1830年作。夏洛克因为要去赴约,嘱咐杰西卡要好生收管钥匙,把家里的门锁上,所有的窗户都关起来。杰西卡已经计划好和罗兰佐私奔,所以她一边听着父亲的唠叨,一边心底跟父亲说:"再会,要是我的命运不跟我作梗,那么我将要失去一个父亲,你也要失去一个女儿了。"(《威尼斯商人》,第2幕第5场)

《威尼斯商人》鲍西娅经典台词

第4幕第1场

鲍西娅　慈悲不是一种硬性的规定，
　　　　它飘然自天而降宛若甘霖，
　　　　浸润大地，双重赐福人间，
　　　　既赐予施主，也赐受施人。
　　　　这横绝万方之伟力，它比　　　　5
　　　　皇冠更足以显示帝王身份。
　　　　帝王权杖[1]只昭显俗世权威，
　　　　让人民诚惶诚恐俯首称臣；
　　　　慈悲之大威却远胜过权杖，
　　　　它雄踞深藏于帝王的内心，　10
　　　　它是从属上帝本身的德行。
　　　　慈悲若能和公平相济相依，
　　　　俗世权威就德配上帝天庭。
　　　　犹太人啊，你虽力求公道，
　　　　想想，真按公道赏罚分明，　15
　　　　谁能获救永生？我们祈求
　　　　慈悲，何不都按慈悲指引
　　　　来点慈悲之行？我这番话，

> 《鲍西娅与夏洛克》，托马斯·萨利（1783—1872），1835年作。
>
> "机智的"鲍西娅抓住了契约的"漏洞"——双方只约定"割一磅肉"，而没有约定在割肉的时候可以流血以及割下的肉可以超过或不足一磅的分量——不仅拯救了安东尼奥的性命，还令夏洛克失掉了一半财产，被迫改信了基督教。（《威尼斯商人》，第4幕第1场）

~~~~~~~~~~~~~~~~~~~~

1　帝王权杖：原文His sceptre（他的权杖）。此处的英文原版可能有误。根据上下文，权杖应该是指世俗帝王的权杖而非慈悲的权杖。因此His（他的）可能是印刷错误，莎士比亚的本意是要用定冠词The。这里根据理解为世俗帝王的权杖以与下文慈悲之威力相对比。（译者附注）

是在劝你别固守法律条文。
若你还坚持，则威尼斯庭   20
铁面无私，必判商人服刑。

作者后记

两年前，本书作者之一的辜正坤接到中国少年儿童出版社的邀请，撰写一本介绍莎士比亚生平及著作的小书。辜正坤和编辑唐威丽就撰写的主要内容和体例进行了一番讨论斟酌，定下写作大纲。但辜正坤感到没有时间通写全稿，便邀请大连大学的徐阳博士共同撰述此书。徐阳在北大攻读博士学位时，研究方向就是莎士比亚，所以她很爽快地就答应与辜正坤合作撰写此书。我们的做法是，辜正坤提供要写作的基本框架和从前在此专题上已经发表过的文章与译著（见后《本书编写主要参考文献》）。徐阳则在此基础上将辜正坤提供的所有论文及相关资料进行筛选、整合、剪辑而撰述出一个完整的书稿来。大约经过一年时间，徐阳顺利草拟了初稿，辜正坤再进行重新润色。需要慎重指出的是，本书开头的一万余字主要参考、摘用自格林布拉特：《俗世威尔——莎士比亚新传》（辜正坤、刘昊、邵雪萍译），北京大学出版社，2007年版。）一书，特注明。其余文字则大多摘用或化用自辜正坤撰写的相关著作和论文。责任编辑唐威丽女士对本书的撰写提供了若干宝贵的建议，作者于此特表谢忱。

辜正坤　徐阳
2018年5月2日